게으른 삶

게으른 삶

이종산 장편소설

문학동네

차례

그래, 나는 헤엄치는 법을 잊었어

목이 부었다. 아이스크림 대신 차가운 레모네이드를 마셨다. 아이스크림은 목감기에 효과가 있다. 목의 부기를 가라앉힌다. 학교에서 배웠다. 학교 보건실에서 나눠준 안내문에 그렇게 적혀 있었다. 초등학교를 졸업한 지 십 년이 다 되어가지만 안내문은 잊히지 않았다.

레모네이드는 달았다. "요즘 음료수들은 너무 달아." 나는 문가에 기대서서 불평했다. 엄마는 잠들어 있었다. 부엌에 가서 컵을 내려놓았다. 부엌 바닥에 노랗게 익은 매실이 쌓여 있었다. 저녁을 먹고 흑설탕을 사러 가기로 했다. 매실을 설탕에 재울 것이다. 여름에는 매실청을 물에 타 마신다. 뜨거운 물에 녹이고 차가운 물을 부어 마신다. 엄마 몰래 얼음도 넣는다. 엄마는 하얀 설탕도 얼음도 못 먹게 한다. 건강에 안 좋다고 한다. 몸 어디에 어떻게 나쁜지는 모른다.

엄마가 잠들어서 돈을 들고 밖으로 나갔다. 과일가게 외벽에 거울이 붙어 있다. 밖에 내다둔 과일을 많아 보이게 하려고 붙여놓은 거울이다. 내 몸이 비친다. 무심한 척 지나가면서 내 몸을 본다. 배가 조금 나왔다. 식당에 일을 다니면서 살이 붙었다. 내 모든 문제의 원인은 뱃살인지도. 우리집 대문에 며칠째 헬스클럽 광고 전단지가 붙어 있다. 집에서 걸어서 십 분 거리에 헬스클럽이 새로 문을 열었다. 개장기념 할인행사중이다. 등록할까. 잘생긴 트레이너는 있을까.

문방구에서 싸구려 공책을 샀다. 날씨가 더워서 문방구 주인은 밖에 나와 앉아 있다. 어린 남자아이가 수줍게 돈을 내고 간다. 나는 공책을 골라들고 문방구 밖으로 나갔다. 주인 할아버지가 복대에서 거스름을 꺼내줬다. 거스름으로 군것질을 했다. 거리에서는 기름 냄새가 났다. 김을 구워 파는 건어물가게에서 퍼지는 냄새였다. 거리 곳곳에 야채 노상이 있다. 배추를 지나면 마늘. 마늘이 수북했다. 골판지 상자에 가격이 적혀 있다.

동네는 옛 시장터다. 동네 곳곳에 시장이 있던 흔적이 남아 있다. 나는 그 흔적들을 사랑한다.

우리는 고양이침대 앞에서 모이기로 했다. 고양이침대는 하얀색 구형 프라이드다. 그 차는 우리집 앞 골목에 주차돼 있다. 차는 이 년째 그 자리에 있었다. 누가 끌고 다니지도 않는데 차는 더러웠고 날이 갈수록 더 더러워졌다. 빗물에 먼지가 씻겨내려가는 날도 있었다. 그러나 비가 그치고 날이 개면 차에는 다시 검은 얼룩이 졌다.

해가 좋은 날에는 고양이가 나왔다. 어디에서 나오는지는 모른다. 떠돌이였다. 고양이는 담 위에서 차 지붕으로 사뿐히 뛰어내렸다. 그리고 또 지붕에서 보닛으로 내려갔다. 보닛에는 커다란 얼룩이 있었다. 고양이는 그 얼룩 위에 자리를 잡았다. 나무 그늘이 드리워서 차는 반만 검었다. 햇살이 고양이의 노란 등에 내려앉았다. 고양이는 새침하게 잠이 들었다. 동네 애들은 그 차를 고양이침대라고 부른다.

나와 어울리는 남자애들은 모두 반바지로 갈아입었다. 겨울에 그 애들은 스키니진만 입었다. 나보다 다리가 가는 남자애도 있다. 우리는 골목 안에 둥그렇게 모여 서서 담배를 피웠다. 고양이침대를 재떨이로 썼다. 고양이에게 조금 미안했다.

참치가 고양이에게 삶은 달걀을 줬다. 참치는 고등학교 때 친구다. 급식이 나오는데도 자주 참치캔을 싸와서 그런 별명이 붙었다. 고등학교를 졸업해서 급식은 이제 없지만 그래도 참치는 참치다. 참치가 싸가지고 다니는 건 참치만이 아니다. 감자나 고구마, 달걀, 사과, 오이 같은 먹을 것을 꼭 가방에 넣어가지고 다닌다. 나는 참치가 좋다. 먹을 걸 잘 나눠준다. 출출할 때 요긴하다. 아무리 놀려도 꽁하지 않는 면도 마음에 든다.

고양이가 참치의 손을 할퀴었다. 참치가 껍데기를 까는 동안 고양이가 자꾸 껍데기를 가져다 먹었다. 참치는 달걀 껍데기가 고양이 목에 걸릴까봐 불안해했다. 참치가 껍데기를 뺏자 고양이는 위협적인 소리를 내면서 발톱을 세웠다.

참치는 화도 내지 않고 달걀을 마저 깠다. 고양이는 참치가 준 달걀을 달게 먹었다. 금방 하나를 다 먹고 입맛을 다셨다. 참치의 손등에서 피가 났다. 나에게 등을 맞은 고양이가 도망갔다. 영수와 영식이가 고양이를 비웃었다.

영수와 영식이는 형제다. 연년생이라 그런지 싸움이 잦다. 아무것도 아닌 일로 매일 시비가 붙어서 주먹이 오간다. 싸움 구경이 재밌어서 말리지는 않는다. 영수는 욕을 잘하고 영식이는 주먹이 빠르다. 키도 영식이가 더 크다.

영수가 고양이침대에 담배를 눌러 비비면서 문제를 냈다.

"포유류 중에서 가장 오래 사는 동물이 뭐게?"

"사람."

영식이가 대답했다.

"사람이 동물이냐."

"그럼 뭔데?"

"고래."

"고래는 물고기잖아."

영수가 어이가 없다는 듯 영식이를 쳐다봤다. 난 일부러 가만히 있었다. 참치가 입을 열려고 해서 형제 몰래 째려봤다. 참치는 눈치는 있어가지고 말없이 담배 하나를 더 꺼내 입에 물었다. 내가 담뱃불을 붙여줬다.

싸움은 지리하게 오래갔다. 껌을 꺼내 씹으며 싸움이 끝나기를 기다렸다. 기다리다보니 뭘 기다리고 있는 건지 모호해졌다. 얼마 전까지 이런 일요일 오후에는 식당에서 일을 하고 있었다.

시내에 있는 식당에서 한 계절을 보냈다. 손님이 없는 시간에는 의자에 앉아 노닥거렸다. 주방에서 껍데기를 까다 망친 달걀을 내주었다. 못생긴 달걀을 받아먹었다. 바쁜 시간에는 시간이 빨리 흘렀다. 손님이 모두 나가 조용해진 홀을 청소하면 하루가 끝났다.

같이 일하는 사람들과 술을 마시고 헤어지는 날도 있었다. 초저녁에 사람들과 둘러앉아 먹던 국수가 맛있었다. 국수가 질리기도 전에 가게를 그만두게 됐다. 한 계절 더, 어쩌면 한 해를 그곳에서 지낼 생각이었다.

저번 금요일은 바빴다. 하지만 주말이면 항상 그 정도는 힘들었다. 컵을 하나 깼다. 일을 하다보면 일어날 수 있는 일이었다. 나무라는 사람도 없었다. 유리 조각을 쓸어담는데 속이 울렁거렸다. 일이 끝나고 버스정류장에 갔는데 지갑이 없었다. 가게에 지갑을 두고 왔는데 다시 돌아갈 수도 없었다. 가게 문은 닫혀 있었고 버스는 막차였다. 터덜터덜 걸어서 집에 갔다. 지쳐서 잠들었다 일어났더니 한낮이었다.

주말에는 아침부터 일했다. 토요일 낮에 집에 누워 있으니 이상한 기분이 들었다. 가게에 전화를 걸었다. 늦잠을 잤어요. 빨리 갈게요. 할말을 속으로 되뇌었다. 가게 사람의 목소리가 들렸다. 이제 못 나가겠어요. 오늘부터요. 준비하지 않았던 말이었다. 신호음이 가는 동안 무언가가 변해버렸다. 그날 이후 가게 근처에도 가지 않았다.

바닥만 보고 있는데 머리 위로 그늘이 져서 올려다보니 풍선이 있었다. 풍선은 말도 많고 허풍도 세다. 여자 얘기밖에 안 한다. 요즘은 무슨 밴드를 한다고 들떠 있다. 따돌리기는 촌스러워서 내버려두지만 영 거슬린다.

"나 간다."

"너구리 어디 가? 나 너랑 놀러 온 건데."

"설탕 사러 가야 돼."

"그럼 나도."

풍선이 달라붙었다.

"참치랑 갈 거야."

"난 안 가."

참치가 얄미웠다. 풍선도 얄미웠다. 씹던 껌을 손에 뱉었다. 힘껏 손을 날려 껌을 참치 뒤통수에 붙이자 참치가 비명을 질렀다. 뒤통수에 껌이 붙은 참치가 나를 따라왔다.

마트는 시원했다.

"뭘 살 건데?"

"흑설탕 이 킬로그램. 우리집은 검은 설탕만 먹어."

"그래서 네가 속이 검구나."

"속이 검은 건 너야."

참치의 속내는 검다. 아무리 들여다봐도 아무것도 보이지 않는다. 지금도 그렇다. 왜 자꾸 실실댈까. 억지로 왔으면서. 좋아서 왔나.

참치를 두고 잰걸음으로 무빙워크로 갔다. 참치는 다리가 길어서 나보다 빠르다. 나보다 참치가 먼저 벨트에 올라섰다. 내가 먼저 가야지. 서 있는 참치를 제치고 벨트 위를 뛰어내려갔다. 참치가 내 목덜미를 잡았다.

"뛰면 안 돼. 위험해."

참치는 실실 웃으면서 경고 표지를 가리켰다. 경고 표지가 세 개 있었다.

— 걷거나 뛰지 마시오.

— 노란 선 바깥으로 나가지 마시오.

— 어린이나 노약자는 보호자 손을 잡아야 합니다.

"손을 잡아야 한대."

내가 슬쩍 말했다.

"넌 왜 그렇게 속이 검냐?"

"검은 설탕을 먹어서 그래."

참치가 내 목덜미를 놓기도 전에 무빙워크가 끝났다. 무빙워크는 너무 짧다.

저녁시간이라 코너마다 음식 냄새가 났다. 배가 고파졌다.

"만두 먹을까?"

"시식 음식 먹으면 체해."

참치는 만두를 그냥 지나쳤다. 나는 식은 군만두 반 조각을 먹었다.

"두부 먹을까?"

"안 먹어."

참치는 두부를 지나쳤다. 나는 두부 한 조각을 먹었다.

"바나나 먹을까?"

"그만 좀 먹어."

참치가 짜증을 냈다. 뒤를 돌아보니 참치가 잡고 있는 카트에 만두 한 봉지와 두부 두 팩이 들어 있었다. 두부는 원 플러스 원이었다.

"이걸 왜 다 넣었어?"

"시식했는데 안 사면 미안하잖아."

"뭐가 미안해."

"힘들게 팔고 있잖아. 먹고만 가면 좀 그래."

"나 돈 없어."

"내가 낼 거야."

나는 바나나 한 토막을 먹었다. 참치가 이를 물고 바나나 한 송이를 카트에 넣었다. 자장면과 불고기가 남았다. 참치의 방해로 면 코너와 고기 코너를 그냥 지나쳤다.

흑설탕은 설탕 코너 맨 위 선반에 있었다. 나머지는 다 백설탕이었다. 흑설탕 일 킬로그램 한 봉지와 백설탕 일 킬로그램 한 봉지를 집어 들었다. 백설탕만 카트에 넣고 망설였다. 누진 흑설탕을 찻숟가락으로 뜰 때마다 소름이 돋는다. 덩어리진 흑설탕은 죽은 개미떼를 뭉친 것 같아 보인다. 검은 개미를 묻힌 토스트와 개미 한 순갈을 탄 커피.

"흑설탕 사야 한다며."

"흰 설탕이 더 좋아."

"그래도 속 검은 건 안 변해."

"하얘질 거야."

"차라리 표백제를 사지그래."

"너나 사."

표백제를 시식해버릴까. 나는 설탕 두 봉지를 카트에 던져넣었다. 백설탕 두 봉지였다.

마트 건너편은 언덕길이다. 언덕길에서 물건을 나눠 가졌다. 주머니에서 장바구니를 꺼내 설탕 두 봉지를 담았다. 나머지는 봉지째로 참치에게 줬다. 마트 비닐봉지에는 만두와 두부와 바나나가 들어 있었다.

"집에 가서 먹어."

참치가 내게 봉지를 돌려줬다. 나는 받지 않았다.

"무거워."

참치가 바나나 두 개를 건넸다.

"껍질 까줘."

"손이 없냐."

"손 없어."

참치가 내 장바구니를 빼앗아갔다. 한 손에는 마트 봉지를 한 손에는 장바구니를 들었다. 껍질을 대충 까서 내밀었다. 참치가 입을 벌려 한입 베어물었다.

"내년에는 내가 딴 바나나를 먹게 될 거야."

참치가 우물거리면서 말했다.

"정말 농장에 갈 거야?"

"바나나농장에 갈 거야. 아니면 토마토농장이든지."

참치는 호주에 일하러 간다고 했다. 워킹 홀리데이로 늦어도 내년 여름에는. 참치와 워킹 홀리데이 후기를 본 적이 있다.

농장에는 컨테이너 박스가 딸려 있다. 일하는 사람들은 커다란 컨테이너 박스에서 산다. 두 채의 컨테이너 박스에 여자와 남자가 나눠 산다. 컨테이너 박스는 작은 방들로 나뉘어 있다. 작은 방에는 이층 침대가 하나 있고 책상과 의자가 있다. 옷장 대신 외투를 걸 수 있는 고리가 벽에 붙어 있다.

벽은 회색이다. 불법으로 외국인 노동자를 받고 있는 농장에서는 창문을 나무판자로 막아놓는다. 그런 방들은 낮에도 침침하다. 커다란 창이 달린 빌라에서 사는 참치가 그런 곳에서 지낼 수 있을까.

"통조림공장은 어때?"

"그것도 좋지."

"참치 통조림공장."

"잔인해."

"아니면 자동차공장."

"이왕이면 포드로."

우리는 포드 자동차공장의 전설을 좋아한다. 1920년대와 1930년대에 살았던 청년들은 포드 자동차공장에서 일했다. 포드 자동차공장은 컨베이어 벨트를 처음으로 도입한 곳이다. 밤에도 움직이는 컨베이어 벨트가 들어오자 야간조가 생겼다. 밤에 일하면 돈을 더 받을 수 있는 전통은 그때 생긴 것이라고 한다. 밤에 일하지 않는 청년들은 춤추러 갔다. 금요일 밤에 리바이스 청바지를 입고 재즈 클럽으로 간다. 할부로 산 포드 자동차를 끌고서. 포드에서 나온 돈은 다시 포드로 돌아간다.

재즈 클럽에는 밴드와 여자들이 있다. 하늘색 양복을 입은 가난한 신사들은 금관악기를 연주하고 여자들은 춤을 춘다. 청바지를 입은 청년들은 칵테일드레스를 입은 여자들을 포드 자동차에 태우고 클럽을 떠난다. 맥주, 담배, 흑백영화, 마초와 금발 숙녀, 흑인 가수, 혼혈아, 대공황과 전쟁은 컨베이어 벨트 위에서 생산되었다고 한다. 이 모든 것은 포드 자동차공장에서 시작됐다.

"포드에 들어가면 뭘 할래?"

"포드를 사야지."

"그런 다음에는?"

"부산에 가자."

부산에 가면. 참치와 여러 번 계획을 세웠다. 우리가 부산에서 처음 만난 것 같은 느낌이 들 정도로 여러 번이었다. 참치는 고등학교 삼학년 때 교실에서 처음 만났다. 고등학교를 졸업하고 패거리들이랑 동해에 갔다. 그게 우리의 유일한 여행이었다.

참치는 여섯 살 때 가족여행을 했다. 참치는 상어에게 잡아먹힐까봐 바다에 들어가지 않았다. 아빠가 참치를 안고 바다에 들어갔다. 참치는 발버둥을 치며 울다가 신발 한 짝을 잃어버렸다. 참치는 부산을 그렇게 기억한다.

나도 해운대에서 신발을 잃어버렸다. 이 년 전이었다. 한쪽만 맨발인 채로 고급 호텔로 둘러싸인 해변을 걸었다. 싸구려 슬리퍼를 비싸게 사서 신었다. 카페테라스에 앉아서 참치에게 전화를 걸었다. 참치는 내 사정을 듣고 웃었다. 그애와 나는 한바탕 웃었다. 깔깔대면서 잡담을 조금 더 했다. 전화를 끊었을 때는 기분이 한결 나아져 있었다.

부산에 가면. 돼지국밥에 부산 소주를 먹자. 부산에 가면. 숙소 침대에 하루종일 늘어져 있자. 부산에 가면. 해변에서 책을 읽자. 지겨워지면 맥주를 마시러 가자. 부산에 가면. 헌책방 거리의 카페에서 손을 잡고 옛날 음악을 듣자.

"손은 왜 잡아."

"하얀 설탕을 먹을게."

"꼭 챙겨 먹어."

"하루에 한 번씩 물에 타서 마실게."

꾹이다. 참치는 그렇게 말하면서 봉지를 합친 장바구니를 내 손에 쥐여줬다. 손바닥을 꾹 쥐었다가 놓았다. 하얀 설탕 한 봉지를 참치에게 주고 싶었다. 검은 설탕 한 포대를 주는 편이 나으려나.

폭포가 멀지 않았다. 언덕길 중반에는 인공 폭포가 있다. 여름이면 밤까지 물이 흘러내리고 폭포 바닥에서는 분수가 솟아오른다. 인공 암석이 층층 쌓여 있는데 얼핏 보면 진짜 같다. 자연스러운 마블링이 들어간 가짜 암석들은 근사하다. 폭포는 공원과 이어져 있다. 아래에서 폭포를 올려다보면 그리 높아 보이지 않지만 공원에 올라가 내려다보면 까마득하다. 폭포의 높이를 헤아리면서 잠시 말없이 걸었다.

"둘이 사귀냐!"

영수가 우리를 보고 외쳤다. 영수와 영식이는 흠뻑 젖어 있었다. 분수 사이에 서 있는 영수의 발밑이 초록색으로 환했다. 폭포 바닥은 여름밤이면 여러 가지 색깔로 빛난다.

"거기서 뭐해?"

"너희도 들어와."

영식이가 첨벙대면서 폭폿가로 걸어왔다. 영식이에게 잡히면 끝장이다. 젖은 손이 닿을까봐 폭포에서 멀찍이 물러났다. 영식이가 폭포 안에서 긴 팔을 휘둘렀다. 물이 튀었다.

"이거 줄게. 가만히 있어."

바나나를 영식이 앞에 들고 흔들었다.

"내가 원숭이냐."

그렇게 말하면서 영식이는 바나나를 채갔다.

"바나나 하나 주면 안 잡아먹지."

영수가 다가왔다. 영수에게도 바나나를 줬다. 영수가 바나나를 까먹는 동안 영식이가 참치 팔목을 잡았다. 바나나 한 개에 손가락 하나씩 풀어주기로 했다. 바나나가 금세 줄었다. 바나나가 하나 남자 영식이가 영수에게 참치의 손가락을 넘겨주려 했다. 참치의 새끼손가락이 잠시 풀렸다. 참치의 등을 쿡 찌르고 바나나를 영식이 얼굴로 던졌다.

참치와 나는 내리막길을 달렸다. 언덕 밑에서 숨을 골랐다. 참치 팔목에 묻어 있던 물은 말라 있었다.

영식이와 영수가 어슬렁어슬렁 걸어내려왔다. 물이 뚝뚝 떨어졌다. 이제 우리를 잡을 생각은 없어 보였다. 바나나를 먹은 배가 볼록했다. 참치와 나는 원숭이 두 마리를 데리고 강으로 갔다.

『빨간 머리 앤』에서 앤은 작은 배에 몸을 누이고 공주 역할을 했다. 앤은 아서왕의 전설에 등장하는 공주 샬럿을 연기했다. 샬럿은 죽었다. 죽은 공주는 백합으로 장식된 배를 타고 떠내려간다. 앤은 백합 대신 들꽃으로 꾸민 배를 탔다. 앤은 화관을 쓰고 누웠다. 배에 물이 스며들어 위기에 처하자 길버트가 나타난다. 길버트는 앤을 돕는다. 참치는 나를 돕지 않는다. 앤의 친구들은 앤을 꽃으로 꾸며주지만 내 친구들은 원숭이다. 원숭이 세 마리가 난간 위에서 스케이트보드를 탔다. 나는 다리 위에서 원숭이들에게 수모를 당했다. 원숭이들이 나를 툭툭 건드렸다.

"그만해. 멍청이들아."

"겁쟁이."

오른쪽 난간을 타고 내려온 영수가 깐죽대면서 다시 난간 위로 올라갔다. 왼쪽 난간에서 미끄러지던 영식이가 크게 웃었다. 원숭이는 묘기를 부려야지. 하지만 사람을 놀리다가는 거꾸로 당할 수 있다. 달려가서 영식이의 정강이를 내 보드로 쳤다. 영식이가 다리 아래로 떨어졌다.

"너구리는 겁쟁이."

영수가 왼쪽 난간 쪽으로 달려오면서 외쳤다. 참치는 오른쪽 난간에 걸터앉았다. 영수가 난간을 타고 내 쪽으로 오기를 기다렸다. 나는 난간 끝에 서 있었다. 영수는 난간 중간에서 멈췄다. 그리고 내가 미처 두 발짝을 떼기도 전에 공중에서 돌더니 강으로 몸을 던졌다. 무모한 원숭이들.

아래에서 영수와 영식이의 웃음소리가 들렸다.

"너도 내려와, 참치."

영수가 부르자 참치는 오른쪽 난간에서 내려와 내가 서 있는 곳으로 왔다.

"너도 올라와봐."

단숨에 난간 위로 올라선 참치가 손을 내밀었다. 난간은 팔 하나 정도의 폭이었다. 아주 좁지도 충분히 넓지도 않다. 나는 참치의 손을 잡지 않고 난간 위에 앉았다.

"일어서봐."

"귀찮아."

"왜 그렇게 겁이 많아?"

"귀찮다니까."

"왜 그렇게 귀찮은 게 많아?"

나는 대답하지 않았다. 난간 위에는 몇 번이나 서봤다. 걸어서 오간 적도 많았다. 스케이트보드를 타고 오간 적이 없을 뿐이다. 난간을 타려면 난간 위에 서는 법부터 배워야 한다. 지금은 평지에서 타는 것으로도 충분하다. 무리할 필요는 없다.

"내려가자. 내가 잡아줄게."

"내려가면?"

"물에서 놀지."

"땅에서 노는 걸로 충분해."

"난 안 그래."

"그렇겠지."

참치는 호주에 간다. 나는 여기 남을 것이다. 참치는 뭐든지 금방 익히지만 나는 모든 것에 서툴다. 아침마다 걷는 법을 새로 배운다. 출근하는 길에 지하철역 입구에서 멈춰 선 적도 있다. 걷는 것이 생소했다. 억지로 걷다보면 머리가 멍해진다.

"어서."

참치가 손을 흔들며 재촉했다. 나는 고개를 저었다.

"헤엄칠 줄 몰라서 그래?"

참치가 내 옆에 쭈그려앉아서 물었다.

"그래."

"사람은 태어나기 전에는 물속에 살잖아. 헤엄치는 법을 모르는 사람은 없대. 서서히 잊어가는 거지."

"그래, 나는 헤엄치는 법을 잊었어."

참치가 나에게 보드를 맡기고 다리에서 뛰어내렸다. 원숭이 세 마리가 다리 위로 야유를 보냈다. 설탕 한 봉지를 꺼내 뜯었다. 설탕 봉지를 기울이자 흰 가루가 한줄기로 가느다랗게 쏟아졌다. 밀가루면 좋았을걸. 밀가루라면 가루가 눈처럼 날렸을 것이다. 봉지를 천천히 비우고 하나를 더 뜯었다. 두번째는 입구를 크게 벌려서 탈탈 털었다. 설탕이 떨어지는 것을 본 원숭이들이 날뛰었다. 야유가 함성으로 바뀌었다. 나는 명예를 회복하고 다리를 떠났다.

흑설탕과 두부를 식탁에 내려놨다. 집에 돌아오는 길에 흑설탕을 새로 샀다. 만두는 참치 가방에 넣어두고 왔다. 부엌에 불이 켜져 있었다. 바닥에 쌓인 매실 옆에는 빈 생수통이 있었다. 이십 리터짜리 생수통이 비는 데는 열흘 정도가 걸린다. 물을 한잔 마셨다.

"이제 오면 어떡해."

엄마가 방에서 나왔다.

"아빠는 널 기다리다가 잠들었어."

열한시도 안 됐는데.

"저녁은 먹었어?"

"배고파."

이 시간까지 저녁도 안 먹고 뭘 했니. 엄마가 소시지와 계란을 담은 접시를 건네줬다. 머스터드소스와 케첩을 뿌렸다. 엄마와 맥주를 나눠 마셨다. 맥주를 들이켜고 소시지를 먹는데 꿀을 바른 것처럼 달았다.

"너무 달아."

엄마도 소시지 맛을 봤다.

"너무 달다. 프라이팬 만져봐."

식은 프라이팬을 만져보니 끈적했다. 들기름병 입구에 코를 대니 매실 냄새가 났다. 매실청이었다.

매실청에 굴린 소시지를 다 먹었다. 먹었으니 일을 해야지. 엄마가 아빠를 깨웠다. 아빠가 손으로 얼굴을 비비며 부엌으로 나왔다. 나는 매실을 담은 스테인리스 볼을 생수통 주둥이에 대고 기울였다. 생수통 바닥으로 매실이 떨어졌다. 빨간 매실도 있었다. 홍매실이었다.

"노란 건 뭐야?"

"청매실."

"노란데."

"파랬던 게 익은 거야."

홍매실과 파란 청매실과 노란 청매실이 생수통 안으로 굴러들어갔다. 굴러들어가는 매실 알들이 자동판매기 사탕 같았다. 사탕 자동판매기는 오락실에 있다. 영화관에도 있지만 오락실에서만 사탕을 산다. 오백원을 넣으면 '나오는 곳'으로 사탕들이 굴러내려온다. 플라스틱 캡슐로 포장된 사탕이다. 사탕 색깔은 다섯 가지다. 빨강, 주황, 노랑, 파랑, 분홍. 식용색소를 들이부은 알사탕들이다. 분홍색 알사탕이 가장 유해해 보인다. 불량식품이다. 캡슐을 열 때마다 분홍이 나오기를 빈다.

"그만."

아빠가 그만이라고 말하면 멈춘다. 엄마가 깔때기를 생수통 입구에 댔다. 아빠가 깔때기에 흑설탕을 부었다.

"왜 흑설탕으로만 해야 돼?"

"건강에 좋으니까."

몸 어디에 어떻게 좋은지는 엄마도 모른다. 흑설탕과 매실이 켜켜이 쌓였다.

넘어지는 동물

접시꽃은 주황이다. 호박색 같은 주황이다. 호박꽃인가. 꽃의 이름을 알기 전에는 그렇게도 생각했다. 접시를 닮아서 접시꽃인가. 이름을 알고 난 다음부터는 접시꽃을 유심히 들여다보게 됐다. 별로 접시를 닮지 않았다. 접시꽃은 꽃잎이 넓적하다. 넓적한 꽃잎을 접시로 쓰는 아이들도 있었다. 돌로 짓이긴 샐비어를 꽃잎에 담고 먹는 시늉을 한다. 나는 그 옆에서 샐비어 꿀을 빨아 먹었다. 소꿉장난은 옛날에 그만뒀다.

올해도 접시꽃은 피었다. 커다란 고무대야에서 매년 접시꽃이 피었다 진다. 접시꽃 아래에서 피던 샐비어는 이제 없다. 샐비어 다음은 상추였다. 상추에서 고추로 딸기에서 수박으로 바뀌었다. 작년에 열렸던 수박은 주먹만했다. 아무도 먹지 않아서 그대로 말랐다. 말라서 쪼그라든 수박은 흙에 묻혔다. 올해 열린 수박은 참외만하다. 껍질은 윤기가 나고 검은 줄무늬가 선명하다. 잘 자라라. 지나갈 때마다 남몰래 인사한다.

수박 임자는 슈퍼집 할머니다. 할머니는 슈퍼 옆 파란 대문 집에서 산다. 파란 대문 앞에 고무대야가 있다. 접시꽃과 수박이 자라는 고무대야 옆에는 파란 플라스틱 화분이 있다. 파란 화분에서 무궁화가 아침마다 열렸다 닫힌다. 꽃잎이 열리기 시작하는 것을 매일 보는 사람은 슈퍼집 할머니밖에 없을 것이다.

아침잠이 없는 슈퍼집 할머니는 일찍 가게 문을 연다. 할머니는 동네 토박이라 동네에 모르는 사람이 없다. 출근하는 사람들은 슈퍼 앞 평상에 앉아 있는 할머니에게 인사를 건넨다. 아침에는 두유나 담배를 파느라 바쁘다. 나도 가끔 두유를 산다. 빈속에 두유를 마시면 머리가 핑 돈다. 어지럼증이 가라앉으면 속이 편안해진다.

할머니가 두유를 공짜로 주는 일은 없지만 초콜릿을 그냥 줄 때는 있다. 금박으로 포장된 동전 초콜릿이다. '또'가 나오면 하나 더 가질 수 있다. 초콜릿을 감싼 금박지 안쪽에 '또'나 '꽝'이 찍혀 있다. '꽝'이면 꽝이다. '또'는 '꽝'만큼 자주 나온다. 공짜로 받았을 때는 '또'를 쓸 수 없다. 공짜를 좋아하면 대머리가 된다. '또'를 쓰려고 하면 할머니에게 잔소리를 듣는다. 할머니는 담배를 사도 잔소리를 한다. 여자애가 담배 피우면 못써. 할머니는 열다섯 살 때부터 담배를 피웠다. 남편이 죽고 나니까 담배를 맘껏 피울 수 있는 것은 좋았다고 했다. 평상 할머니들끼리 수다떨 때 들었다.

출근시간이 지나고 골목이 햇빛에 덥혀지기 시작하면 할머니들이 슈퍼 앞 평상으로 나온다. 할머니들은 어스름이 깔리기 전까지 평상에 앉아 있다. 수다를 떨고 야채를 다듬고 담배를 피운다. 술을 마실 때는 집 안으로 들어간다. 파란 대문이 굳게 닫힌다.

파란 대문을 지나 골목을 꺾으면 큰길이 나온다. 길 맞은편에 빌라가 있다. 붉은 벽돌로 지은 낡은 빌라다. 하얀색 페인트로 빌라 이름을 칠했다. 목화빌라다. 참치는 목화빌라에 산다. 길을 건넜다. 빌라의 울타리 사이로 참치의 오토바이가 보였다. 참치는 오토바이를 타고 출근한다. 늦잠 자나. 전화를 걸어볼까 하다가 그만뒀다.

잔소리가 싫어서 담배는 편의점에서 산다. 편의점은 간편하다. 눈치볼 일 없다. 얇은 야상을 입은 여자애 둘이 담배와 컵라면을 사고 있었다. 날과 희수였다. 모르는 척 줄을 서서 차례를 기다렸다. 날과 희수는 컵라면을 들고 테이블로 갔다. 날의 머리칼은 얼룩이 져서 무슨 색깔이라고도 하기 어렵다. 날은 자주 머리색을 바꾼다. 머리끝에 넣은 롤 웨이브가 거의 풀려 있었다. 어제저녁에 급하게 머리를 말았을 것이다. 날이 머리칼을 귀 뒤로 넘기고 라면을 먹었다. 커다란 링 귀걸이가 거슬렸다. 옛날 여자 아이돌 포스터에서나 보던 귀걸이다.

"아까 너 나가고 나서 그 변태가 남자친구 거 빨아준 적 있냐고 그러더라."

"있다고 했어?"

"어쩌다보니."

"사장이 남자친구 있다고 하지 말랬는데."

날과 희수는 노래방에서 일한다. 일할 때만 이 동네에 온다. 한동안 안 보이더니 돈이 떨어졌나. 내가 신경쓸 일은 아니다. 라디오에서 여덟시를 알리는 종이 쳤다. 병원에 여덟시 반까지는 도착해야 한다. 길을 조금 되돌아가서 빌라 단지로 들어갔다. 참치가 오토바이 앞에 서 있었다.

"안 늦었냐. 왜 아직 여기 있어."

"늦었어. 태워줘."

"오늘은 안 돼."

여덟시 십분. 참치의 오토바이 말고는 다른 대안이 떠오르지 않았다. 세상의 모든 교통수단이 사라지고 참치의 오토바이만 남은 것 같다. 그럼 참치가 나를 태워줄까. 그렇다면 그래도 좋다. 버스도 지하철도 비행기도 필요 없다. 참치의 오토바이만 있으면 된다.

"역까지만 데려다줄게."

참치와 걸어서 역까지 갔다. 역은 오 분 거리다.

"다녀와."

"다녀올게."

참치는 계단 입구에 도착하자마자 뒤돌아서 가버렸다. 역으로 올라가 창밖으로 참치의 뒷모습을 바라봤다. 날과 희수가 참치에게 다가가고 있었다. 얼마 후에 참치가 오토바이를 타고 거리를 지나갔다. 오토바이 뒷자리에 날이 타고 있었다. 머리가 멍해졌다. 아침을 굶은 탓이다. 할머니에게 담배를 살걸. 그럼 빈속에 담배 피우지 말라고 잔소리를 들었겠지. 담배를 사면서 두유를 샀을 텐데. 두유가 마시고 싶었다. 지하철이 들어오고 있다는 안내방송이 들렸다.

병원은 24시간 열려 있다. 직원들은 삼교대로 일한다. 1파트 근무자들은 오전 아홉시에서 오후 다섯시까지 일한다. 나는 1파트 근무자들이 오기 전에 청소를 마치고 로비 카운터에 가 있어야 한다. 오늘은 그러지 못했다. 이십 분이나 늦었다. 이렇게 늦은 것은 처음이다. 병원에서 일한 네 달 동안 아홉 번 지각했다. 두 번은 아주 호되게 혼이 났다. 이번에는 잘릴지도 모른다. 잘릴 수 있을까.

가방만 내려놓고 화장실로 갔다. 몸집이 있는 여자가 대걸레를 빨고 있었다. 주로 3파트에 근무하는 수의사였다. 가운을 입고 있지 않아서 못 알아볼 뻔했다.

"제가 할게요."

"다 했어. 청소 안 해도 될 거야. 내가 대충 해뒀어."

죄송합니다. 나는 고개를 숙이고 대걸레를 받아들었다.

"이름이 뭐였지?"

수의사가 내 이름을 물었다.

"노진이요."

"나랑 성이 같네. 난 노명희야."

스케줄표에서 매일 보던 이름이다. 인사나 사무적인 전달사항을 주고받은 것 외에는 말을 섞어본 적이 없다. 대걸레를 들고 움직이자 수의사가 옆으로 비켜났다. 수의사는 대걸레 놓는 자리에 서 있었다.

"넌 뭐가 되고 싶어?"

대걸레를 내려놓고 구석에서 빠져나오면서 수의사와 스쳤다. 수의사의 질문을 거듭 곱씹었다. 대답할 말이 없었다. 뭐가 되고 싶냐니. 갑작스런 물음에 말문이 막혔다. 나는 이미 병원 접수원이 아닌가. 언제까지나 병원에서 일할 생각은 없지만 여기를 그만둔다고 해도 비슷

할 것이다.

경리나 사무원 아니면 판매원. 나는 세 직업을 모두 거쳤다. 학생인 적도 있었다. 이 년 동안은 이 년제 대학의 학생이었다. 뭐가 아니었던 적은 초등학교 입학 이후로는 없다. 나는 결국 대답하지 못하고 수의사를 바라봤다.

"꿈이 뭐냐고."

내일 일어났을 때 여길 나오지 않아도 되는 거요. 나는 가까스로 그 말을 참았다. 오늘을 무사히 보내는 거요. 대신 그렇게 말했다. 수의사가 안경 너머로 나를 응시했다. 큰 눈에 빛이 돌았다. 나이든 여자의 호기심 아니면 오지랖. 무엇이라도 성가시다.

"나가자."

수의사가 미소지었다. 수의사는 키가 컸다. 거울에 비친 나는 수의사에 비해 아주 작아 보였다. 수의사가 먼저 나갔다. 어깨가 내려앉았다.

"진이 못 봤어?"

"화장실에서 걸레 빨고 있어."

"지금 온 거 아니야?"

"아까부터 본 것 같은데."

밖에서 수의사의 목소리가 들렸다.

오전 업무는 정신과 시간의 방에서의 수련과 비슷하다. 〈드래곤볼〉에서 손오공은 정신과 시간의 방에 갇혀 무기력에 빠진다. 정신과 시간의 방은 중력이 지구의 열 배다. 바깥에서의 하루가 지옥에서는 일 년이다. 나는 시간이 빨리 흘러가는 세계에서 온 전화를 받으며 사흘을 보낸다. 사흘이 지나 점심시간이 오면 개 짖는 소리나 고양이의 신음소리, 전화벨 소리에서 잠시 벗어날 수 있다.

원장은 의사들이 병원으로 음식을 배달시켜 먹는 것을 달가워하지 않는다. 의사들은 의사들끼리 어울려 식당을 찾아 나간다. 의사들은 오전 내내 점심에 무엇을 먹을지 고민한다. 이따 뭐 먹을래. 그게 의사들의 입버릇이다. 간호사들은 도시락을 싸온다. 두어 명은 밖에서 커피를 사와서 점심을 때운다. 커피로 점심을 때우는 간호사들이 다른 간호사들의 커피를 사오기도 한다. 간호사들은 도시락을 먹고 입가심으로 커피를 마신다. 커피를 마시고 양치를 한다. 칫솔을 들고 돌아다니던 간호사들이 자리에 앉으면 오후 업무가 시작된다.

"점심 먹으러 안 가?"

실장이 카운터를 가볍게 두드렸다. 실장은 주로 의사들과 밥을 먹으러 나간다. 병원에서 유니폼을 입지 않는 사람은 실장밖에 없다. 실장은 벌써 실내에서 신는 굽 없는 신발을 벗고 스틸레토 힐로 갈아신고 있었다. 검은 실크 스커트와 잘 어울렸다.

"가야죠."

지갑을 챙겨 일어섰다.

"잠깐만."

실장이 나를 잡았다.

"내일 밤에 나올 수 있니?"

실장이 스케줄표를 꺼내 내일 날짜 3파트 시간에 동그라미를 쳤다. 3파트는 오후 열시부터 다음날 오전 아홉시까지다. 얼마 전까지는 실장과 다른 접수원 둘이 교대로 3파트를 맡았다. 이 주 전에 접수원 하나가 그만두면서 실장이 일하는 시간이 늘었다. 나는 1파트에서만 일했다. 일을 시작할 때 저녁에는 학원에 가야 한다고 못을 박아뒀다. 학원에 가는 대신 식당에서 아르바이트를 하긴 했지만.

"사람이 아직 안 구해졌나봐요."

"그러게."

실장의 얼굴이 수척했다. 실장은 윤기 나는 사람이다. 목소리가 부드럽고 얼굴은 환하다. 늘씬한 몸에 옷매무새는 언제나 말끔하다. 실장은 며칠 새 윤기를 잃었다. 실장은 흰 셔츠를 자주 입는다. 오늘은 흰 셔츠를 스커트에 넣어 입지 않았다. 엉덩이를 덮는 기장의 오렌지색 블라우스를 입었다. 얼굴이 밝아 보이기를 바랐을까.

"나올게요."

"학원은?"

"그만뒀어요."

실장은 확인하듯 나를 한번 보고 스케줄표에서 자기 이름을 지웠다. 그 자리에 내 이름이 들어갔다. "그럼 점심 먹고 와." 실장이 식권을 주고 나갔다. 병원 근처 분식집에서 식권을 쓸 수 있다. 메뉴가 다양하고 맛도 나쁘지 않다. 백반집에서도 병원 식권을 받는다. 손이 매운 아주머니가 밑반찬을 만든다. 나는 식권을 반으로 접어서 바지 주머니에 넣었다. 주머니 양쪽에 접힌 식권이 여러 장 들어 있다.

이번 주말에 유니폼을 가져가야지.

유니폼은 집에 가져가서 세탁한다. 세탁하기 전에 주머니를 털어서 종이쪼가리 따위를 한꺼번에 버린다. 저번 주말에는 유니폼 가져가는 것을 잊었다.

유니폼에 카디건을 걸치고 밖으로 나갔다. 병원은 상가 거리의 한 가운데에 있다. 오른편 거리 끝에는 지하철역이 있고 병원과 역 사이는 애완동물가게들로 채워져 있다. 애완동물가게들 맞은편에는 오토바이가게들이 늘어서 있다. 참치가 일하는 가게가 보였다. 가게 앞에 참치의 오토바이가 매여 있다.

날을 태운 오토바이. 참치는 오토바이에 날을 태웠다. 날의 손이 참치의 허리에 닿았을까. 날의 팔이 참치의 허리를 감쌌을까. 참치는 내가 뒷자리에서 내릴 때마다 어깨와 손을 빌려준다. 참치의 어깨에 내 체중이 실렸듯이 날의 무게가 참치에게 실렸을까. 날도 참치의 손이 의외로 억세다는 것을 알게 됐을까.

오토바이가게로 이어진 횡단보도를 지나쳤다. 골목으로 들어가면 미로 속에 있게 된다. 미로로 걸어들어갔다. 대문이 비슷한 집들이 어지러웠다. 하나의 짧은 골목에는 여러 갈래의 짧은 골목들이 이어져 있다. 골목에서 골목으로, 깊숙하게. 나는 더이상 미로에서 헤매지 않는다. 미로가 복잡하다는 것을 새삼 깨닫고는 안심이 된다. 미로는 나를 보호한다. 조금씩 숨통이 트인다.

짧은 골목 세 개를 통과하면 작은 인쇄소가 있다. 인쇄소 옆에는 신문보급소가 있다. 인쇄소에서 오른쪽으로 꺾어 돌면 긴 골목이 나온다. 긴 골목 중간에는 밥집이 있다. 간판만 남은 밥집이다. 밤에는 혹시 모르지만 낮에는 문이 닫혀 있다. 밥집 옆으로 다시 아주 좁은 골목이 나 있다. 골목을 지나면 작은 계단이 있다. 네 칸짜리 돌계단이다. 드디어 계단이다. 나는 계단에 앉았다.

하나 둘 셋 넷.

숫자에 맞춰 심호흡을 한다. 하나에 들이마시고 둘에 내뱉고. 하나 둘 셋 넷. 숨쉬는 법을 새로 배우며. 하나 둘 셋 넷. 아침에 걷는 법을 새로 배우듯 걸었듯이. 하나 둘 셋 넷.

오후는 지루할 틈도 없이 흘러간다. 망우리 동물병원입니다. 무엇을 도와드릴까요. 그런 말을 거듭 반복하면서 오후를 보낸다. 예약을 확인하거나 불안해하는 환자의 보호자에게 같은 설명을 되풀이한다. 환자에게 직접 설명하는 경우는 없다. 몰티즈나 푸들, 닥스훈트가 자주 오는 환자다. 피부에 염증이 생긴 몰티즈나 류머티즘에 걸린 닥스훈트가 오면 이름을 기억해둔다. 그런 개들은 반 이상이 단골이 된다. 피부병이나 류머티즘은 완전히 낫기 어렵다. 허리디스크를 선고받은 닥스훈트의 이름을 스무 개 이상 외우고 있다. 허리가 긴 개들은 슬픈 운명을 타고난다. 카운터에 오래 앉아 있어서 허리가 아플 때면 그런 개들의 이름이 연이어 떠오른다.

실장은 자주 일어났다 앉는다. 실장은 일 년 전에 허리디스크 수술을 받았다. 수술을 했는데도 별로 나아지지 않았다고 했다. 실장은 퇴근할 시간이 되면 아픈 허리에 한 손을 대고 신발을 갈아신는다. 굽이 가는 힐일 때가 많다. 운동화를 신는 것은 본 적이 없다. 운동화는 없으세요. 한번 지나가는 말로 물었다. 운동화는 운동할 때 신지. 실장은 대강 대답하면서 허리를 숙여 구두 버클을 채웠다.

"슬슬 퇴근해."

실장이 한 손으로 허리를 두드리며 시계를 봤다. 다섯시가 조금 지났다. 그럼 먼저 가보겠습니다. 짐을 챙겨들었다. 내일은 3파트에 나오는 거지? 그럼요. 내일은 일찍 일어나지 않아도 된다. 병원에서 나가자마자 영수에게 전화를 걸었다. 뭐해? 집에 있지. 술 마시자. 돈 없어. 내가 살게. 영수가 참치에게 연락하기로 했다.

참치는 여섯시에 퇴근한다. 일을 하다보면 일곱시에 퇴근하는 날도 있고 열시에 사장과 같이 나오는 날도 있다. 사장은 열시에 문을 닫고 술 마시러 간다. 사장은 이 거리에서 오래 장사했다. 거리에서 사귄 친구들과 술을 마시는 날이 잦다. 참치도 가끔 그 자리에 낀다. 나도 참치와 같이 집에 가려고 얼쩡거리다가 사장에게 붙잡혀 함께 가기도 했다. 두어 번 그랬다.

사장과의 술자리는 유쾌하다. 사장과 사장의 친구들과 참치와 나는 술을 좋아한다. 사장과 사장의 친구들은 섹시하다. 아저씨들 섹시해요. 취해서 말했더니 아저씨들이 꼬마들처럼 웃었다. 누가 제일 섹시하니. 누군가 묻자 나에게 시선이 집중됐다. 근육을 과시하는 아저씨도 있었다. 사장 아저씨요. 사장보다 사장 친구들의 얼굴이 빨개졌다. 야유가 쏟아졌다. 사장은 백발이 희끗희끗하다. 단단해 보이는 팔에 오래된 문신이 있다. 치근대거나 시시한 농담을 하지 않는다. 산뜻하고 섹시하다. 너구리에게 잘해라. 꾸물거리다가는 다른 놈이 채간다. 참치에게 한소리 해주기도 한다. 잘 좀 해. 거들었다가는 잔소리를 듣는다. 너부터 잘 좀 해봐라. 맞는 말이다.

잘 좀. 잘 좀 해본다는 것은 어떤 것일까. 동네로 돌아오면서 생각했다. 털보네 바비큐 앞까지 와서도 좀처럼 해답이 나오지 않았다. 털보네 바비큐 주인은 손님들에게 잘한다. 털보네 바비큐는 동네 맛집이다. 우리도 갑자기 만날 때는 말하지 않아도 털보네 바비큐로 모인다.

털보네 바비큐 주인은 털보인데 수염이 덥수룩한 얼굴이 험상궂어 보이지만 아주 친절하다. 물이 떨어지면 부르기도 전에 물을 갖다주고 과자그릇이 비기 전에 과자를 채워준다. 그다지 테이블을 보고 있는 것 같지도 않은데 부족한 것을 잘 눈치챈다. 눈치 빠르게 부족한 것을 채워주는 것. 그게 잘해보는 것일까.

"뭐가 필요해요?"

내가 자리에 앉자 주인이 물수건과 메뉴판을 들고 와서 물었다. 내가 들어오자마자 영수가 벨을 누른 것 같았다. 물수건하고 메뉴판이요. 주인에게서 메뉴판을 받으며 대답했다.

"오늘은 한 명이 없네. 참치 안 와?"

털보 주인은 부족한 것을 잘 눈치챈다. 나는 영수를 쳐다봤다. 주인은 대답을 듣지 않고 테이블을 떠났다. 일하고 있대. 영수는 그렇게만 말하고 내 잔에 술을 따라줬다.

잔이 금방 비었다. 영수가 다시 한 잔을 채워줬다. 이천 시시 피처를 든 영수의 오른팔이 약간 떨렸다. 피처 손잡이 아래를 받친 왼손으로 눈이 갔다. 가운뎃손가락의 가운데 마디가 튀어나왔다. 군대에서 훈련을 받다가 손가락이 부러졌는데 제대로 치료를 받지 못해서 뼈가 잘못 붙었다. 영수는 입대하기 몇 달 전부터 기타를 끼고 살았다. 기타에 프랑스 여배우 이름을 붙였는데 영수를 빼고는 다들 그 기타를 영희라고 불렀다.

영희는 잘 있니. 제대하고 처음 만난 날 무심코 물었다. 영수의 손가락이 그렇게 된 것은 입대 초반이었고 나는 전화와 편지로 손가락의 상태를 전해들었다. 마디가 뒤틀린 채로 굳어버렸다는 것은 영수가 아니라 영식이에게 들었다.

영식이는 그 일을 지나가듯이 얘기했었다. 나는 그 일을 잊고 있었는데, 영희의 안부를 묻고 나서야 그 일이 기억났다. 영수는 대답 대신 왼손을 재빨리 허벅지 밑으로 넣었다. 나는 미안하다는 말도 하지 못하고 말을 돌렸다.

영수와 나는 번갈아 서로의 잔에 술을 채웠다. 영식이는 술을 잘 못 마신다. 덩치는 제일 크면서 맥주 두 잔이면 곯아떨어진다. 영식이는 안주로 나온 바비큐를 반 넘게 먹어치우고 맥주 한 잔을 단숨에 들이켜더니 졸기 시작했다. 영수와 나는 졸고 있는 영식이를 놀리면서 술을 마셨다. 술잔이 세번째로 비었을 때 나는 더 버티지 못하고 일어났다. 화장실 다녀올게. 영수가 웃으며 엄지손가락을 내밀었다.

털보네 바비큐의 화장실은 외진 곳에 있다. 가게 옆으로 난 비탈길을 올라가야 한다. 비탈길은 어둡고 스산하다. 화장실은 한 평이나 될까 싶게 좁고 더럽다. 백열전구가 유일한 조명인데 그나마 깜빡거린다. 하나 있는 작은 창문은 살짝 열려 있다. 차가운 변기에 앉아 있으면 눈 둘 데가 없다. 천장, 창문, 변기 아래 다 가능성이 있다. 털보네 바비큐 화장실에서 귀신을 봤다는 사람들이 있다. 털보도 가게 화장실은 안 쓴대. 그런 말도 있다.

비탈길을 달려내려와서 가게로 들어갔다.

"화장실 귀신 봤어?"

"휴지 빌려 썼어."

"빨간 거, 파란 거?"

"주유소 휴지."

영수가 나를 한심하게 쳐다봤다.

"귀신이 휴지를 왜 줘?"

졸고 있던 영식이가 물었다.

"휴지 주는 귀신 몰라?"

"몰라."

"그것도 모르냐." 영수가 영식이를 비웃었다. "귀신한테 빨간 휴지를 달라고 하면 빨갛게 피칠이 돼서 죽고 파란 휴지를 달라고 하면 피가 빠져 파래져서 죽는 거야."

영식이는 들어도 몰랐다.

"그 귀신만 모르는 거야."

"그럼 귀신 이름 대기 할래?"

내가 제안하자 영수가 아이스크림을 걸고 내기를 하자고 했다. 내기 좋지. 영식이, 나, 영수 순으로 귀신 이름을 댔다.

"처녀귀신."

"몽달귀신."

"달걀귀신."

"망태 할아버지."

"망태 할아버지가 귀신이냐."

영수가 이의를 제기했다.

"사람을 잡아가니까 귀신이지."

영식이가 우겼다.

"그럼 도깨비나 괴물도 귀신으로 치자."

내가 중재했다. 이번엔 내 차례다.

"메두사."

"메두사는 너무했다." 영수가 투덜거렸다. "그럼 난 히드라."

"히드라랑 메두사랑 같은 거 아냐?"

"히드라는 머리가 아홉이고 메두사는 머리가 셋이잖아."

"반대 아냐?"

나와 영수가 히드라와 메두사의 차이를 놓고 싸우는 동안 영식이는 조용했다. 나와 영수는 눈빛을 교환하고 다음 차례로 넘어가기로 했다. 이제 영식이 차례였다.

"만득이."

영식이가 인디안밥을 당했다. 등이 얼얼해진 영식이가 소주를 주문했다.

"빨간 거 줄까, 파란 거 줄까?"

주인이 물었다. 소주는 빨간 뚜껑이지. 내가 대신 대답하려는데 영식이가 주문을 물렀다.

김빠진 맥주를 홀짝거렸다. 밤이 늦었다. 영식이는 동물 이름 대기 내기에서도 졌다. 고래를 대서 인디안밥을 당했다. 고래는 포유류라며. 영식이가 기억하고 있다니. 영수가 놀라서 영식이 등을 두들겼다. 나도 덩달아 두드렸다. 영식이의 입을 막으려고 크게 인디안밥을 외치다가 주인이 조금만 조용히 해달라고 해서 그만뒀다. 인디안밥을 당한 사람이 진 사람이다. 영식이는 화가 나서 맥주를 두 잔이나 더 마시고 잠이 들었다.

영식이는 자고 술은 다 떨어졌다.

참치는 왜 안 오지.

영수는 참치에게 전화를 걸었다. 영수의 전화기 너머로 신호음이 들렸다. 단순한 신호. 참치는 음악을 배경으로 쓰는 것을 좋아하지 않는다. 쓸데없이 까다롭다. 배경이 되지 않는 음악이 어디 있다고. 휴대폰, TV, 카페, 어디에서나 음악이 흘러나온다. 참치는 그걸 다 싫어한다. 정말 피곤해. 유행가를 크게 틀어놓는 카페나 술집은 나도 질색이긴 하지만.

털보네 바비큐는 가끔 라디오를 작게 틀어놓는다. 옛날 노래가 나올 때도 있다. 라디오에서 흘러나오는 것인지 다른 곳에서 새는 것인지 모를 옛날 노래들. 속삭이는 듯한 노랫소리가 사람들의 말소리에 섞이면 근사하다. 손님 중에 젊은 사람은 별로 없고 우리 아빠보다 나이가 많아 보이는 사람들이 테이블을 채우고 있다.

영수가 전화를 끊었을 때 옛날 노래가 들렸다. 털보네 바비큐에서 흐르는 음악은 의식하지 않으면 들리지 않을 때가 많다.

"안 받아."

영수가 다시 통화 버튼을 눌렀다. 나는 옛날 노래를 흥얼거렸다.

참치가 전화를 받지 않아서 영수네와는 헤어지고 영화관에 갔다. 밤 열시가 넘으면 거의 반값에 영화를 볼 수 있다. 허름한 상가의 맨 위층에서 심야영화를 보면 기분이 나아진다. 좋아지거나 나아지거나. 이번에는 나아질 것이다.

이십 분 동안 광고를 한다. 나는 광고를 보면서 참치가 누구와 있을지 생각했다. 날밖에 없다. 날과 있을 것이다. 날의 본명은 나리다. 성은 모른다. 나리와 희수는 고등학교 때부터 붙어다녔다. 이상한 소문이 나기도 했다. 둘이 그렇고 그렇다는 이야기.

고등학교 때나 돌던 헛소문이다. 나는 걔네들과 같은 고등학교에 다녔다. 걔네와 친했던 적은 없다. 나에게는 내가 속한 소박한 무리가 있었고 우리 무리와 걔네 무리는 다른 세계에 있었다. 참치 무리는 우리 무리와 걔네 무리의 교집합이었다.

학교에서 나와 같은 세계에 속했던 아이들은 졸업과 동시에 모두 사라졌다. 나는 그애들과 다른 동네에 살고 있었다. 학교를 다니면서 인사 한 번 한 적 없던 날과 희수를 이렇게 오래 보게 될 줄은 몰랐다. 서로가 서로의 주변에 머물면서 빙빙빙. 아마 한동안은 계속 그럴 것이다.

상영관 안에는 사람이 별로 없었다. 많아야 열 명쯤. 내 뒷자리에는 중년 커플이 앉아 있었다. 중년이라기에는 좀더 젊을지 모른다. 이 시간에 동네 영화관에 B급 SF를 보러 오는 나이든 연인이란 어떤 사람들일까? 끈적한 짓을 하러 숨어든 것 같지는 않았다. 나보다 스무 살 정도 많아 보이는 그 연인들은 산뜻하고 편안해 보였다. 잠깐 본 인상이다. 나는 건성으로 영화를 봤다.

영화를 보고 나와서 참치에게 전화를 걸었다. 참치는 사장과의 술자리에 잡혀 있다가 동네로 돌아오는 길이라고 했다. 우리는 영화관 매표소 앞에서 만나기로 하고 전화를 끊었다. 나는 영화 팸플릿들을 보며 참치를 기다렸다. 우리 동네 영화관에서는 다른 영화관에서는 틀지 않는 B급 SF나 몇 년 전에 영화제에 한 번 올라가고 잊힌 애니메이션 같은 것들을 상영한다. 물론 블록버스터나 흥행작 들도 함께 걸려 있다.

광화문이나 대학가에 있는 독립영화 상영관들과는 다르다. 그냥 망해가는 동네 영화관이다. 우리 동네에는 망해가는 프랜차이즈들이 많다. 옛날에는 잘나갔던 피자집이나 치킨집 들이 길마다 있다. 추락한 의류 브랜드들은 대형 마트 일층에 모여 있다. 마트에서 옷을 사는 건 엄마들밖에 없다. 나는 엄마가 사다주는 옷을 입을 나이가 아니다. 영수도 대학에 들어가서 엄마 옷을 뗐고 참치의 엄마는 참치에게 옷을 사주지 않는다. 참치의 엄마는 돈만 보낸다.

"파리에는 맛있는 과자가 많지?"

참치가 은행에서 돈을 인출해서 나올 때 내가 그냥 한 말인데 참치는 그걸 카드에 써서 엄마에게 보냈다.

—엄마, 너구리가 프랑스 과자가 먹고 싶대. 보내줘.

나는 벌써 예전에 참치의 엄마에게 멍청한 너구리라고 찍혔다.

—과자는 한국도 잘 만들어.

참치의 엄마는 카드를 받고 문자를 보냈다. 참치의 엄마는 프랑스에 간 이후로 우리나라를 한국이라고 부른다. 그렇다고 프랑스를 우리나라라고 하는 것도 아니다. "나는 이제 이쪽에서도 이방인이고 저쪽에서도 이방인이야." 참치의 엄마는 그렇게 말하면서 참치를 파리로 부른다. 참치는 요즘 엄마의 전화를 피하고 있다.

참치는 금방 왔다. 영화관 안은 썰렁했다. 매점 직원이 팝콘 상자 안에 손을 넣고 팝콘을 뒤적이고 있었다. 팝콘 냄새를 맡으니 배가 고파졌다. 참치는 팝콘에는 눈길도 주지 않고 내가 서 있던 팸플릿 진열대 앞으로 곧장 걸어왔다.

"뭐하고 있었어?"

참치의 입에서 술냄새가 났다.

"영화 봤어."

"배고프다."

"팝콘 먹을래?"

"팝콘은 싫어."

영화관 아래층에는 파파이스랑 멕시코 타코가게가 있다. 타코가게의 타코는 엄청나게 맛있지는 않지만 나초와 콜라를 싼값에 질릴 때까지 먹을 수 있다. 열시가 넘어서 타코가게는 문이 닫혀 있었다.

참치와 나는 파파이스에서 샌드위치와 핑거를 먹고 엘리베이터를 타러 나왔다. 엘리베이터 안에는 우리밖에 없었고, 일층에서 문이 한 번 열렸다. 건물 앞 공터에는 어린 남자애들과 여자애들이 두셋씩 모여 있었다. 공터는 어둡고 조용했다.

우리는 공터를 지나 버스를 타러 갔다.

"오토바이는?"

"가게 앞에 두고 왔어."

참치는 술을 한 잔이라도 마시면 절대 운전을 하지 않는다. 참치의 아버지는 대형 트럭 운전사였는데 돌아가실 때까지 신호 한 번 어겨본 적이 없었다고 했다. 참치의 깔끔함은 아버지에게서 물려받은 것 같다. 고지식해서 가끔 피곤하기는 해도 담백하니까 마음에 든다. 참치가 하는 나쁜 짓은 엄마 전화를 안 받는 것밖에 없다. 그래도 착해서 안 받을 땐 나중에 꼭 문자를 보낸다. '아까는 받기 싫었어.' 거짓말도 안 하고 그렇게 보낸다.

나는 정류장까지 걸으면서 참치에게 영식이가 동물 이름 내기에서 고래를 대서 진 이야기를 해주었다.

"억울했겠다."

"억울하지."

"고래는 멋져."

"고래 좋지. 너구리는?"

"나는 펭귄이 제일 좋아."

"펭귄이 뭐가 좋은데?"

"잘 넘어져서 좋아. 그렇게 많이 넘어지는 동물은 펭귄밖에 없잖아."

참치가 그렇게 말하자 나도 잘 넘어지는 동물이 좋아졌다.

"넌 어떤 동물이 좋아?"

참치가 나에게 물었다.

"난 동물보다 물고기가 좋아."

나는 대답을 하고 참치의 얼굴을 슬쩍 봤다. 여전히 담백한 얼굴이었다.

"DHA가 풍부한?"

"DHA가 풍부한 물고기가 좋지."

버스가 왔다. 나는 얼른 버스에 올라타 일 인용 좌석에 앉았다. 참치가 웃으면서 다가왔다.

"방금 좋아하는 동물이 바뀌었어."

"무엇으로?"

"얼굴이 빨개지는 너구리로."

"왜?"

"얼굴이 빨개지는 동물은 흔치 않잖아."

버스 라디오에서 자정을 알렸다.

철공소 거리

어둠 속에 오래 있으면 막막해진다. 일광욕을 해야지. 문을 여니 현관이 환해졌다. 바닥에 무지개가 졌다. 바닥에 놓여 있던 신발에도 무지개가 졌다. 신발을 신고 나오니 무지개가 사라졌다. 집 앞에 영수와 영식이가 빈 양동이를 양손에 하나씩 들고 서 있었다.

"물 좀 빌려줘."

아빠와 엄마가 아침 일찍 일하러 가서 집에는 아무도 없었다. 영수와 영식이를 집 안으로 들였다. 그애들은 양동이 네 개에 물을 가득 담았다. 영수와 영식이가 양동이 세 개를 나눠 들었다. 나도 하나를 들고 따라갔다. 현관을 지날 때 양동이 안에 무지개가 떴다. 무지개가 찰랑거리는 양동이는 무거웠다.

"어디까지 가?"

"고양이침대!"

고양이침대는 가까웠다. 내가 양동이를 내려놓기도 전에 영식이가 고양이침대에 물을 끼얹었다. 물이 튀어서 옷이 젖었다. 나도 고양이 침대에 힘차게 물을 뿌렸다.

"야, 다 젖었잖아."

영식이가 소리를 질렀다.

"너도 씻을 때가 됐어."

나는 웃었다.

"물 아껴 써야 하는데."

영수가 잔소리를 했다. 영수에게 양동이와 집 열쇠를 줬다. 영수는 양동이 두 개에 물을 퍼왔다.

"이제 장난치지 마."

"난 장난 안 쳤어."

내가 얼른 말했다.

"나도."

영식이가 붙었다. 영수와 영식이가 걸레를 꺼내 고양이침대를 닦았다.

"뭐하는 거야?"

"세차."

영수와 영식이가 동시에 말했다. 고양이침대가 차였지. 가끔 깜빡한다. 고양이침대의 하얀 보닛이 드러났다.

"갑자기 세차는 왜 해?"

"보닛에 앉으려고. 너도 도와."

그런 짓을 왜. 나는 혀를 차며 돌아섰다.

"일하러 가던 길이야."

"너구리, 브라운 형네 파티 갈 거지?"

"가야지."

브라운은 풍선의 형이다. 미국 이름이 브라운인지 다니던 대학 이름이 브라운이어서 그렇게 불리게 됐는지는 모른다. 피부가 갈색이어서 브라운인가. 브라운은 곰을 닮았다. 덩치가 크고 눈동자가 까맣고 동그랗다. 브라운은 대학을 중퇴하고 한국에 와 있다. 돌아온 지는 삼 년이 넘었다. 브라운이 귀국한 지 얼마 안 됐을 때 여럿이 모인 술자리에서 몇 번 봤다. 브라운은 금방 집을 구해 동네에서 떠났고 그 이후로는 보지 못했다. 브라운은 말은 없지만 재밌는 사람이었다.

브라운이 이번에 이사를 했다. 집들이 겸 파티를 하니 오라고 했다는 말을 풍선이 전했다. 풍선은 자기 형이 포토그래퍼로 여러 작업을 하며 잘나가고 있다고 했지만 믿음이 가지 않았다. 풍선은 허풍쟁이다. 그래도 우리는 브라운에게 호감이 있었다. 게다가 공짜로 먹고 마시며 놀 수 있는 기회인데 가지 않을 이유가 없다.

"다음주 금요일이야!"

안다구. 다음주 금요일 밤, 철공소 거리. 열흘이 넘게 남았다. 남은 날이 막막하게 느껴졌다. 일광욕을 해야지. 일찍 나온 김에 강가로 돌아서 병원까지 걸어갈 계획이다.

자전거 그림자가 지나간다. 나무 그림자를 밟으며 나아갔다. 해가 높이 떠 있을 때는 그림자가 짧다. 그림자가 길어지기 전에 여기에서 나가야 한다. 어두운 강가에서 혼자 걷고 있으면 막막해진다. 출근하기 전에 일광욕을 하러 나왔는데 막막해질 수는 없지. 아직은 그림자가 짧았다. 팔각정 그림자는 들쑥날쑥하다. 팔각정 지붕 아래 앉아 있는 사람들의 그림자는 보이지 않는다. 그늘에 묻히면 그림자는 사라진다.

그림자가 사라진 사람들이 바둑을 둔다. 장기를 둘 때도 있지만 오늘은 바둑이다. 바둑에는 정해진 왕이 없어서 마음에 든다.

왕은 쫓기다가 결국 잡히거나 혼자 남는다. 나는 장기에서 王將을 새기고 나오는 돌들의 수를 헤아리다 막막해졌다. 막막해지면 안 되는데.

바둑을 구경하던 할아버지 두엇이 나를 힐끔거렸다. 평일 이 시간에는 젊은 사람들이 별로 다니지 않는다. 정자의 할아버지들에게는 내가 이방인이다. 노인들의 눈빛에는 호기심, 경계심, 일종의 동경 같은 것들이 뒤섞여 있었다. 동경은 그들의 젊었던 시절을 향해 있다. 나는 그들에게서 나의 미래를 봤다. 그러다 다시 막막해졌다. 이래서는 안 되는데.

팔각정을 뒤로하고 걷고 걸었다. 막막하고 막막했다.

"멍멍."

케르베로스가 짖었다. 케르베로스구나. 케르베로스는 검은 개다. 강가 매점에 산다. 나에게 검은 개는 모두 케르베로스다. 그러나 매점의 케르베로스는 특별하다. 누군가가 검은 개들을 모아놓고 하나만 케르베로스라고 부르라고 한다면 나는 매점의 케르베로스를 선택할 것이다. 정말로 머리가 셋인 검은 개가 있더라도 그 개 대신 매점의 케르베로스를 케르베로스라고 부르겠다.

"컹컹."

케르베로스가 컹컹 짖었다. 케르베로스는 컹컹 짖거나 멍멍 짖는다. 왈왈 짖지는 않는다. 왈왈 짖지 않는 것은 큰 개들의 미덕이다. 케르베로스는 품위 있는 큰 개이고 왈왈 짖거나 깽깽거리지 않는다. 먹을 것을 준 적이 없는데도 나를 보면 꼬리를 흔든다.

처음에는 꼬리만 흔들 뿐 짖지는 않아서 벙어리 개인 줄 알았다. 머리를 쓰다듬어도 가만히 앉아 있었다. 손. 별 기대 없이 말하면서 손을 내밀었는데 앞발을 주었다. 나는 기뻐서 케르베로스의 앞발을 잡고 흔들었다. 그때 케르베로스가 컹컹 하고 짖었다. 눈이 순했다.

여전히 눈이 순한 케르베로스와 잠시 놀았다. 가만히 앉아 있는 케르베로스 옆에서 가만히 앉아 시간을 때우고 싶었다. 그러면 얼마나 막막해질까. 막막해지면 안 돼. 나는 케르베로스에게 인사했다. 다음에 보자. 일하러 가던 길이야.

케르베로스는 일어나서 몇 걸음 나를 따라왔다. 그러나 쇠사슬에 묶여 있어서 더는 쫓아오지 못했다. 비쩍 마른 케르베로스가 짖지도 않고 물기 어린 눈으로 나를 봤다. 나는 결국 막막해질 대로 막막해진 채로 병원에 들어갔다.

"일찍 왔네."

실장의 눈에 핏발이 서 있었다.

"눈이 빨개요."

걱정하자 실장은 가볍게 투덜거렸다.

"화장실도 못 갔다니까."

실장은 자리 좀 봐달라고 부탁하고 일어났다. 카운터에 파일이 쌓여 있었다. 컴퓨터에 입력해야 하는 서류들이었다. 나는 실장이 입력

하려 펼쳐놓은 파일만 빼놓고 나머지 파일 뭉치를 내 자리로 옮겼다.

실장은 야간에는 응급환자가 많이 오니 긴장하라는 말을 남기고 퇴근했다. 야간 업무는 밤 열시부터 시작된다. 첫 업무는 야식 심부름이었다. 밤에는 야식을 먹는다. 야간에는 수의사 둘과 간호사 한 명, 접수원 한 명이 근무한다. 간호사가 접수원을 겸하는 날도 있다. 일주일에 두 번은 실장이 혼자 카운터를 본다. 실장도 밤에는 야식 심부름을 했을까. 나는 포장마차에서 야식을 사서 들어갔다.

"환자가 왔어."

카운터에 앉아 있던 간호사가 눈짓으로 수술실을 가리켰다. 카운터 아래칸에 비닐봉지를 내려놨다. 간호사가 수술실로 들어갔다. 수술실에서 개 짖는 소리가 들렸다. 여자의 울음소리도 새어나왔다.

개 짖는 소리가 잠잠해지고 얼마 지나지 않아 수술실 문이 열렸다. 우는 여자가 나오겠지. 우는 여자는 상대하기 어렵다. 나는 긴장했다. 그러나 수술실에서 나온 여자는 무표정했다. 울었던 기색은 없었다.

"보호자분 성함이?"

"양나리."

날의 이름이었다.

"안에 있어?"

그래. 희수가 대답했다. 아픈 건 날의 개다. 날은 아직도 울고 있었다. 희수는 카운터에 서서 서류를 작성했다. 글씨체가 깔끔했다. 내가 어색하게 서류를 들여다보고 있는 동안 희수는 로비 의자에 눈을 감고 앉아 있었다.

시간이 잠시 흐른 뒤 수술실 안에 있던 날이 희수를 불렀다. 희수는 안으로 들어갔다. 문이 다 닫히지 않아서 안이 보였다. 개는 보이지 않고 희수와 날만 보였다.

"어떻게 하다 다쳤어요?"

"얘네 아빠가 집어던져서 벽에 부딪혔어요."

안에서 말하는 소리가 들렸다. 희수의 대답 뒤에 수의사가 잠시 조용해졌다. 그는 너무 젊었다. 수술실에 남아 있던 의사가 마지막으로 나왔다. 어제 아침에 내게 꿈이 뭐냐고 물었던 사람이었다. 이름이 노명희라고 했던가.

"들어가서 간식 먹어."

젊은 의사가 밖으로 나오자 노명희 선생이 그를 약제실로 보냈다. 간호사도 함께 들어갔다. 나는 카운터에 앉아 곁눈질을 했다.

"진이씨는 이따 나랑 같이 먹자."

선생이 가볍게 눈을 찡긋하고 보호자를 향해 섰다. 그리고 갑자기 날의 이마에 손을 댔다.

"열이 나네. 언제부터 이랬어요?"

"그냥 감기예요."

날이 고개를 돌렸다. 희수는 몰랐던 얼굴이었다. 선생은 이마에서 손을 내리고 날의 손목을 잡았다. 선생과 날 사이에 잠시 시비가 오갔다. 선생은 날을 병원에 보내려 했고 날은 신경질적으로 거부했다. 전 괜찮아요. 괜찮다니까요.

"보호자분이 할 일은 끝났어요."

개는 수면제를 맞고 잠들었다. 서류에 서명을 하면 검사에 들어갈 것이다. 선생은 비용과 위험부담에 대해 간략하게 설명했다. 검사에는 비용이 많이 들지만 검사 결과에 따라 수술이 필요하지 않을 수도 있다. 하지만 지금은 검사밖에 할 수 있는 일이 없다. 선생은 설명을 마치고 날이 결정하기를 기다렸다. 날은 검사를 선택했다.

날이 서류에 자기 이름을 흘려 썼다. 날은 날의 책임을 졌다. 오늘 밤에 날이 할 수 있는 일이 더는 없었다. "내일 세시에 다시 오세요." 나는 선생의 말을 듣고 예약을 잡았다. 희수가 콜택시를 불렀다.

콜택시가 날과 희수를 태우고 떠났다. 이제 환자 하나를 봤을 뿐이다. 아침이 되려면 한참 멀었다. 당장 검사에 들어갈 수는 없었다. 젊은 수의사와 간호사가 나와 대기했다. 나와 선생은 비닐봉지를 들고 약제실로 들어갔다.

"먹자."

"선생님 먼저 드세요."

선생이 웃었다.

"언니라고 불러. 다들 그렇게 하니까."

김밥을 떡볶이 국물에 찍어 먹었다.

"맛있네요."

"힘이 나지?"

야식 심부름이 가장 중요한 업무라니까. 명희 언니가 싱글벙글 웃으며 순대를 집었다. 볼이 빛났다.

날이 며칠 동네에 오지 않았다. 병원에는 매일 들렀다. 날은 두번째로 왔을 때 카운터에 앉아 있는 사람이 나라는 걸 알아차렸다. 하지만 그 전날 밤에도 내가 그 자리에 앉아 있었다는 것은 모르는 듯했다. 날과 나는 거의 말하지 않았다. 한 주는 빠르게 흘러가서 순식간에 금요일이 됐다.

동네에는 열네 개의 치킨집이 있다. 그중에 세 집은 생긴 지 한 달이 안 된 곳이었다. 치킨집은 끊임없이 새로 생겼다가 없어진다. 신장개업 홍보 전단지가 문에서 떨어지기도 전에 폐업하기도 한다. 치킨집이 열 개가 있는 달도 있고 열여섯 개가 있는 달도 있지만 이번 달에는 열네 개다. 그중에서 우리가 다 같이 가본 곳은 열한 곳이다. 따로 간 것까지 합하면 열세 곳이다. 못 가본 치킨집이 한 곳 남았다.

동네에서 삼십 분을 걸으면 시내다. 시내로 나가는 길에 그 치킨집이 있다. 일주일 전에 문을 열었다. 나는 그 치킨집을 보지 못했다. 영수가 치킨집을 처음 발견했다. 오픈 기념 행사중. 테이블당 맥주 천 시시 무료.

치킨 먹으러 가자.

행사는 오늘까지다. 다 같이 가자고 전부터 약속했다. 금요일이 되자 영수와 영식이가 펑크를 냈다. 외할머니 생신을 깜빡했어. 영수와 영식이는 생일선물을 사들고 강원도로 내려갔다.

"어떻게 하지?"

"행사가 오늘까지니."

"그럼 가야지."

참치와 나는 치킨을 먹으러 출발했다. 천천히 걸어가기로 했다.

"입 두 개 줄었네."

"천 시시는 네 명이서 마시기엔 너무 적어."

출발한 지 얼마 되지 않아 닭집 하나를 지나쳤다. 집에서 가장 가까운 치킨집이다. 생닭을 파는 곳인데 주문하면 튀겨주기도 한다.

"저기 되게 싼데."

"싸긴 한데 퍽퍽하잖아."

"뜨거울 때 먹으면 맛있어."

그건 그렇지. 참치가 동의했다.

"뜨거운 참치를 먹어본 적 있어?"

내가 물었다. 참치는 뜨거운 참치를 먹어본 적은 없는 것 같다고 대답했다. 참치는 참치회가 좋다고 했다. 참치 뱃살이 맛있었다고 입맛을 다셨다. 우리 둘 다 참치구이나 참치스튜는 먹어보지 못했다.

"참치도 뜨거운 게 더 맛있지 않을까?"

"참치는 차가운 맛이지."

참치가 참치는 차가운 맛이라고 하니 그런 것도 같았다. 뜨거운 참치는 상상이 안 된다. 그러다 볶음밥이 떠올랐다. 참치는 밥과 볶아먹으면 맛있다. 살짝 갈색이 날 때까지 볶으면 좋은 냄새가 난다. 참치김치찌개도 있다. 김치를 먹다가 국물이 식어갈 즈음에 참치를 건져 먹는다.

"참치는 따뜻할 때가 제일 맛있어."

"참치는 날것으로 차게 먹는 게 최고야."

참치는 지지 않았다. 날것이라. 날것이라면 얘기가 달라지지. 참치는 다른 것과 섞어서 따뜻해진 것보다는 날것으로 차게 먹는 게 제맛이다. 졌어.

"네 말이 맞아."

나는 참치에게 항복했다.

"가마솥 치킨이다."

가마솥 치킨집에 사람들이 줄을 서 있었다. 커다란 닭을 가마솥에 튀겨서 내는 집이다. 푸짐하고 맛있다. 넷이서 먹어도 몇 조각 남기게 된다. 가마솥 치킨을 먹을까. 둘이 먹기에는 너무 많아. 우리는 유혹을 뿌리치고 계속 갔다.

유혹은 몇 번 더 있었다. 파에 싸서 레몬즙을 뿌려 먹는 치킨의 유혹이 강렬했다. 직접 만든 간장을 고루 발라 굽는 치킨집에도 넘어갈 뻔했다. 털보네 바비큐가 가장 위험했다. 가던 데 갈까. 편하기는 털보네 바비큐가 제일인데. 털보네 바비큐는 둘이 가기에는 어색하잖아. 갑자기 털보네가 불편해졌다. 오늘은 역시 도전하는 날이다.

도전은 몸을 고되게 한다. 새로 생겼다는 치킨집은 어디 있는 걸까. 영수 말로는 큰길가에 있어서 금방 찾을 수 있을 거라고 했는데. 그러나 시내로 넘어가서도 오픈 기념 행사를 하고 있는 치킨집은 보이지 않았다. 영수에게 전화를 걸어 물어보니 시내 가기 전에 있는 것은 분명하다고 했다.

마을버스 타고 가면서 봤어. 골목을 뒤져봐. 영수는 버스 번호는 기억하지 못했다. 동네에서 시내로 넘어가는 길에는 세 대의 마을버스가 다닌다. 영수는 원숭이다. 그 사실을 가끔 잊어버린다. 영수는 원숭이다. 절대 잊지 말아야지.

내 탓이오. 내 탓이오.

참치와 나는 번갈아 자기 탓을 하면서 시내 어귀의 골목을 하나씩 들어가봤다.

"힘들다."

"너무 힘들다."

"갔는데 맛이 없으면 어떻게 하지."

"맛있을 거야."

"아무리 맛있어도 치킨맛 아닐까."

"아무리 맛있어야 치킨맛이겠지. 치킨이니까."

허탈해졌다. 거기까지 가봐야 치킨이 치킨일 텐데 왜 굳이 이 고생을 하고 있을까.

"그만두자."

"저 골목까지만 가보고 없으면 말자."

참치에게 끌려서 골목으로 들어갔다. 골목 안쪽에 작은 치킨집이 있었다. 테이블은 두 개였고 손님은 우리뿐이었다. 기운이 나지 않았다. 치킨 종류는 양파를 곁들인 프라이드치킨과 감자를 곁들인 프라이드치킨 두 가지였다. 양념이 더 좋은데. 참치가 감자를 곁들인 프라이드치킨과 레모네이드 한 잔을 주문했다. 레모네이드가 나오는 치킨집이라니 이상해. 테이블에 엎드려서 투덜거렸다.

음식과 음료가 같이 나왔다. 넓적한 접시에 닭튀김이 수북하게 담겨 나왔다. 그 옆에는 웨지감자가 있었다. 소스는 한 가지로 다진 양파를 섞은 머스터드소스였다. 레모네이드에는 레몬 하나가 통째로 들어 있었다. 주인은 쟁반 하나를 더 가져와서 튀긴 양파링이 담긴 작은 나무바구니와 맥주를 테이블 위에 올려놨다.

"오픈 기념으로 드리는 거예요. 맛있게 드세요."

우리는 맛있게 먹었다. 치킨은 맛있어야 치킨. 오기를 잘했지. 그런 말도 필요 없었다.

치킨을 먹은 다음날 참치에게서 전화가 왔다. 예전에 대형 마트에 갔다가 훈제 연어 한 팩을 샀는데 먹어도 먹어도 줄지 않는다고 했다. "이번 주말을 넘기면 상할지도 몰라. 와서 같이 먹지 않을래?" 상하라지. 나는 막 잠에서 깬 상태였다. 악몽을 연속해서 꿨고 몸이 무거웠다.

연어잖아. 참치는 큰맘 먹고 산 연어를 버릴 수는 없다고 말했다. "반 넘게 남았어." 생선은 입에 비린내가 남아서 싫다. 어제 먹은 닭도 소화가 다 안 됐는데. 하지만 연어라면 어쩔 수 없지. 연어는 다른 생선과는 다르다. 연어가 상하도록 놔둘 수는 없어서 참치의 집으로 갔다.

참치는 편한 차림으로 나를 맞았다. 부엌에서 연어 냄새가 진동했다. 참치는 문만 열어주고 가스레인지 앞으로 돌아갔다.

"연어를 굽는 중이야."

아침부터 연어 스테이크라니. 평일 기준으로는 점심시간도 지나 있었지만 오늘은 토요일이다. 더 자고 싶었다. 부엌에서 미닫이문을 열고 들어가면 침실이다. 나는 참치의 침대에 누웠다. 침실은 단정하고 깔끔했다. 책장이 침실의 한쪽 벽을 차지하고 있었는데 정작 책은 몇 권 없었다. 음반이나 청바지 같은 것들이 책장을 채우고 있다.

청바지를 쌓아놓은 칸의 바로 옆 칸에는 위스키가 들어 있다. 내가 집들이 선물로 사다준 위스키다. 선물이라지만 내가 마시는 양이 더 많았다. 참치의 집에 올 때마다 한두 잔씩 마시고 간다.

침대 옆 협탁 위에는 여권이 올려져 있었다. 여권은 항상 그곳에 있다. 지도나 여행 안내책자, 팸플릿 따위는 침대 밑이나 서랍 안에 보관되어 있다. 눈에 띄지 않도록. 참치가 일부러 그런다는 것을 안다. 책장에 꽂혀 있는 앨범들은 전부 여행사진첩이다. 참치가 그 사진첩을 펼쳐보는 것은 본 적 없다.

사진첩들은 모두 똑같이 표지가 딱딱했고 검은색이었다. 라벨이라든가 사진첩의 내용을 알 수 있는 표시는 되어 있지 않았다. 나는 그중에서 하나를 빼서 펼쳐보았다. 첫 장에 '엄마 집'이라고 쓰여 있었다. 첫 장을 넘기니 부엌 사진이 있었다.

아침식사 풍경이었다. 한국 사람들이 식탁에 앉아 있었다. 한가족은 아닌 것 같았고 여행객들로 보였다. 참치의 엄마는 식탁에 앉지 않고 어정쩡하게 서 있었다. 사진으로만 봤던 얼굴이지만 낯이 익었다. 그 얼굴은 다른 사진에서 본 것보다 어두웠고 나이들어 보였다. 발목까지 오는 검은 원피스를 입고 허리를 구부리고 있어 더 작고 늙어 보였다.

다른 사진들은 첫 장에 있는 사진만큼 인상적이지 않았다. 에펠탑, 관람차, 공원의 조각상, 다리 아래로 흐르는 강, 거리의 서점과 카페, 그런 평범한 파리 풍경들이었다. 참치를 찍은 사진은 두 장이었는데, 하나는 박물관 계단에서 찍은 것으로 참치가 너무 멀리서 찍혀서 형체만 겨우 나와 있었다. 다른 하나는 엄마와 찍은 사진이었는데 유리 피라미드로 보아 루브르 앞 같았다. 참치와 참치의 엄마, 둘 다 웃고 있었다.

참치는 옆에 가까이 붙어서서 함께 카메라를 보며 웃고 있는 엄마를 사랑하는 것 같았다. 내가 사랑하는 남자애의 엄마는 눈이 부드러웠다. 첫 장에 끼워져 있는 사진 속 얼굴과는 전혀 달라 보였다. 질투일까? 나는 참치가 엄마와 있을 때 그렇게 웃을 거라고 생각해본 적이 없었다.

참치는 자주 엄마의 전화를 피했고 통화를 할 때에는 철이 없어 보일 정도로 무뚝뚝했다. 가끔은 나에게 엄마가 이기적이라며 불평을 했다. 그런데 사진 속의 두 사람은 애틋한 연인처럼 보였다.

참치가 나를 부르는 소리가 들렸다. 나는 서둘러 사진첩을 제자리에 꽂아놓고 부엌으로 나갔다.

"탔어."

참치는 속이 상한 얼굴이었다. 사진들, 참치가 나를 부르던 소리, 위스키의 알싸한 향, 연어 타는 냄새가 어지럽게 섞였다. 나는 이상한 예감에 사로잡혀 참치를 보고 서 있었다. 참치는 접시를 내려놓고 컵을 꺼냈다.

"물 마실래?"

나는 컵을 건네받아 물을 마시고 참치를 따라 식탁에 앉았다. 참치는 전날 사장과의 술자리에서 있었던 일들을 이야기했다. 사장은 요즘 매일 손님이 없어서 가게를 닫게 생겼다고 푸념을 한다고 했다. 기분 나쁜 술자리였던 것 같다.

"내 월급 못 주게 될 수도 있어."

참치가 탄 부분을 긁어내며 말했다. 참치의 월급은 적었다. 내가 버는 돈의 절반보다 조금 더 많은 정도였다. 참치의 엄마가 한 달에 한 번씩 보내주는 돈이 아니면 참치는 생활할 수 없을 것이다. 참치는 얼마 전에 엄마가 빚을 내서 자기에게 돈을 보내주고 있었다는 걸 알게 됐다고 고백했다. "빚을 더 낼 수가 없어졌대." 참치는 그렇게 말했다.

"사장이 월급을 안 준대?"

"그렇게 말한 건 아니지만 그럴 것 같아."

"그러면 어떻게 할 건데?"

"그만둬야지."

참치의 접시는 긁어낸 재 부스러기로 더러워져 있었다. 탄 부분을 떼어내고 나니 먹을 수 있는 건 한 입밖에 안 됐다. 내 접시에 있는 연어는 가장자리만 타고 멀쩡했다. 나는 내 접시에 있는 걸 반 덜어서 깨끗한 그릇에 옮겼다.

"이걸 먹어."

"고마워."

참치는 말이 없어졌다. 다른 날보다 말이 많았는데 이제 할말을 다 한 것 같았다. 나도 할말이 없었다. 이상하게 가슴이 두근거렸다.

"일 그만두면 파리로 갈 거야?"

나는 참지 못하고 물었다. 참치는 나를 빤히 보다가 제 접시를 들고 일어섰다.

"엄마한테? 그럴 수도 있지."

참치는 접시에 남은 찌꺼기를 버리고 쓰레기들을 모았다. 쓰레기를 구겨넣을 때 참치의 어깨가 보기 좋게 움직였다. 어깨와 이어지는 팔은 단단해 보였다. 참치의 단단한 팔은 무엇이나 척척 해낸다. 오토바이를 옮기고 짐을 들고 요리를 하고 설거지를 한다.

그릇을 물에 헹굴 때 참치의 등은 곧다. 나는 그 곧은 등을 좋아한다.

참치는 프라이팬을 닦다가 뒤를 돌아봤다.

"다 먹은 거야?"

나는 고개를 끄덕였다. 식은 연어가 그대로 있었다. 참치의 얼굴은 약간 붉어져 있었고 나를 보는 눈이 쌀쌀맞았다.

"그럼 둬. 내가 먹을게."

참치는 투덜거리면서 설거지를 마저 했다. 그러고는 내 옆에 와서 선 채로 내 접시에 남아 있는 음식을 먹어치웠다. 참치는 접시를 싱크대에 넣고 쓰레기봉투를 묶고 물을 끓이면서 서성거렸다.

"커피 마실래?"

참치가 인스턴트커피를 타면서 물었다. 내가 좋다고 하자 뜨거운 잔을 내 앞에 내려놨다.

"난 한숨 잘래. 컵은 알아서 해."

참치는 방으로 들어가 문을 닫았다. 나는 커피를 천천히 다 마시고 참치의 방으로 들어갔다. 참치는 눈을 감고 침대에 누워 있었다.

옆으로 누운 참치의 등뼈에 손을 얹었다. 참치가 내 손을 만졌다. 망설임이 느껴졌다. 내가 수락의 뜻으로 손가락을 하나 움직이자 참치의 손에 힘이 들어갔다. 등뼈 아래에서 등뼈를 타고 어깻죽지까지 올라와 팔로 이어져내려오는 아주 강렬한 힘으로 내 손에 참치의 손이 겹쳐졌다. 나는 겹쳐진 두 손을 입술로 가져갔다. 참치의 손 안쪽에서 연어 기름 냄새가 났다.

참치는 내가 더 머물렀으면 했다. 그러나 나는 한계에 달해 있었다. 그날 저녁과 다음날 아침에 전화가 왔다. 전화를 받은 것은 그 두 통까지였다. 며칠 동안은 집 앞이나 지하철역, 병원, 혹은 낯선 골목에 참치가 서 있는 상상을 했다. 모두 상상에 그쳤다. 가장 두려워했던 일은 얼마 지나지 않아 가장 원하는 일이 됐다. 그렇다고 두려움이 사라지지는 않았다. 전화기를 끄고 지냈다.

브라운의 파티가 오늘이다. 갈 맘이 나지 않았다. 방이 더러웠다. 청소나 해야지. 창문을 열고 대청소를 했다. 묵은 먼지를 닦아내고 버릴 것을 추렸다. 읽지 않는 책이나 영수증, 편지 같은 것들. 편지나 엽서는 읽고 나면 버린다. 참치가 여행지에서 나에게만 편지를 쓰는 것은 그걸 알기 때문이었다. 긴 편지는 한 번도 없었고 쪽지와 다를 것 없는 짧은 편지나 엽서를 가끔 보내왔다. 버리지 않은 엽서가 하나 있기는 했다. 읽고 바닥에 던져놨다가 잊어버린 엽서였다. 엽서는 굴러다니다가 침대 밑으로 들어갔다. 언젠가부터 그게 침대 밑에 있다는 걸 알았지만 꺼내지 않았다.

나는 엎드려서 침대 밑에 팔을 넣었다. 엽서는 별로 더러워지지 않았다. 먼지를 털고 엽서를 읽었다. 항공우편물임을 나타내는 도장이 찍혀 있었다. 이국의 우표가 낯설었다. 엽서에는 두 문장이 적혀 있었다.

> 파리의 기념품가게에서 우표를 샀어.
> 우표가 쓰고 싶어져서 엽서를 보내.

그 밑에는 정확한 날짜 없이 연도만 적혀 있었다. 우리가 스무 살이었던 해다. 참치는 그해 겨울을 파리에서 보냈다. 엄마가 짐 챙겨오래. 이 주 정도 걸릴 거야. 그렇게 말하고 떠난 참치는 봄이 돼서야 돌아왔다. 참치가 그곳에서 어떻게 생활했는지 무얼 보고 듣고 느꼈는지는 엽서 한 장과 토막일 뿐인 이야기들로 추측할 수 있을 뿐이다.

가령 참치는 이런 이야기를 들려줬다. 참치의 엄마가 운영하는 게스트하우스에 장기투숙객이 한 명 있었다. 도미토리가 아니라 다락을 혼자 썼다. 그 사람은 어둡고 침울했고 골초였다. 실제로는 삼십대 후반쯤이나 됐겠지만 무척 겉늙어 보였다고 참치는 강조했다.

남자의 직업을 알 수는 없었지만 연극배우처럼 보였다고 했다. 무거운 목소리와 아방가르드한 검은 옷 같은 것이 그 남자를 배우처럼 보이게 했다. 참치는 이 부분에 대해서 몇 번 말을 바꿨다. 노골적으로 아방가르드한 옷은 입은 적이 없다고도 했고 아예 검은 옷을 입은 적이 없었던 것 같다고도 했다. 평범하고 낡은 옷만 입었는지도 모르겠다. 또 어쩌면 말하는 것을 들어본 적이 없었을지도 모르겠다. 그런데 어찌된 일인지 그 남자에게서 한때 연극 무대에 섰다는 말을 들은 것 같기도 하다. 그런 식이었다.

남자에 대한 참치의 묘사는 뒤죽박죽이었다. 나는 호기심이 일었다. 묘사 말고 다른 이야기를 해봐.

남자는 세 달째 게스트하우스에 있었어. 나가는 일도 별로 없었어. 엄마는 손님들에게 아침마다 밥을 차려줬는데 남자는 매일 시간 맞춰 나와서 밥을 챙겨 먹었어. 저녁이면 하루 걸러 여행자들이 술판을 벌였는데 거기에도 꼈어. 술에 취하면 목소리가 커지기도 했던 것 같아.

엄마는 손님들 앞에서도 그 남자에게 싫은 소리를 했어. 반찬이 뭔지 묻는 남자에게 타박을 주기도 하고 거실에서 옷을 허술하게 입고 다닌다고 화를 내기도 했어. 손님들에게 헛소리를 한다고 방으로 쫓아보내기도 했고. 손님들은 그 남자와 거리를 두긴 했지만 남자보다는 엄마에게 은근한 불쾌감을 느꼈던 것 같아. 비굴하다 싶을 정도로 친절한 여주인이 그 남자에게만은 잔인해지는 걸 보면서 말이야.

나는 엄마가 그 남자에게 좀더 잘해줬으면 했어. 엄마에게 말한 적은 없지만. 그 남자가 불쌍해서는 아니었어. 다른 느낌이었어. 언젠가 나도 어느 싸구려 숙소에서 혼자 살게 될 것 같은. 남자는 보름 치 숙박비가 밀려 있었어. 엄마는 매일 밀린 돈을 내라고 닦달했어. 남자는 키가 컸는데 게스트하우스 안에서는 항상 등을 구부리고 다녔어. 밖에 나가서는 허리를 펴고 걸었을까.

그 정도의 이야기였다. 참치가 거기서 그만두지 않았다면 내가 이야기를 멈췄을 것이다. 그런 이야기를 들으면 불안해졌다. 머리맡에 여권을 두고 잠드는 참치의 습관이 날 불안하게 하듯이 토막난 이야기들도 내게 불안을 줬다. 참치는 이야기가 진행될수록 혼란에 빠지는 것처럼 보였다. 무슨 말인지 모르겠어. 나는 그런 말로 참치의 입을 막았다. 그만둬.

엽서는 폐휴지 뭉치 위로 떨어졌다. 폐휴지를 버리는 날에 밖으로 가지고 나갈 것이다. 버릴 수 있는 것은 모두 버렸다. 쓰레기를 한쪽으로 밀고 걸레질을 했다. 거울을 닦다가 화장을 했다. 화장이 잘돼서 파티에 갔다.

파티는 한창이었다. 브라운의 집은 이층에 있었다. 일층은 폐업한 철공소였다. 이층에는 방이 세 개 있었는데 복도 끝 방이 브라운의 집이었다. 복도 밖까지 음악 소리가 들렸다. 안은 무더웠다. 스탠드 하나와 천장 등 하나가 켜져 있었지만 어두웠다. 사람들은 어둠 속에서 춤을 췄다. 방은 밖에서 예상했던 것보다 훨씬 넓었고 집보다는 작업실에 가까워 보였다.

작업실 가장자리에는 술을 올려놓은 테이블이 있었다. 브라운은 거기 옆에 서서 사람들에게 술을 따라주고 있었다. 브라운은 예전보다 많이 말랐고 여전히 수염을 기르고 있었다. 브라운이 나를 알아볼까. 제대로 얘기를 나눠본 적도 없는데. 나는 브라운에게 가는 대신 작업실 구석에 있는 테이블 앞에 앉았다. 테이블에는 병맥주와 피자가 있었다.

내 맞은편에는 여자 두 명이 앉아 있었다. 이제 밤새워 춤출 나이는 지났지. 그런 얼굴들이었다. 나름대로 분위기를 즐기고 있는 것 같기는 했다.

"브라운과는 어떻게 알아요?"

내 바로 앞에 앉은 단발머리 여자가 물었다.

"동생 친구예요."

단발과 단발 옆의 긴 머리 여자는 고개를 끄덕였다.

"우리는 대학 동기예요."

내가 앉아 있는 동안 몇 사람이 두 여자에게 인사하러 왔다. 그 사람들도 브라운이었다. 브라운들은 맥주를 들고 둘러서서 얘기를 나눴다.

브라운 동생 친구래. 브라운들은 브라운들에게 나를 소개해줬다.

"나이가 몇이에요?"

"스물셋이요."

서른의 브라운은 내 나이를 듣고 웃었다.

"어릴 때 많이 놀아요. 연애도 많이 하고. 나이들면 놀기 힘들어요."

브라운들의 얼굴을 구별하기가 어려웠다.

"그래야죠."

나는 그렇게 말하고 맥주를 땄다. 한 남자가 병따개를 가지러 왔다가 내 앞의 여자들을 데리고 갔다.

다른 브라운들이 빈자리를 채웠다. 나는 브라운들에게 자리를 내주고 춤추는 사람들 속에 섞였다. 춤을 추던 사람들은 처음 보는 사람이 오면 말을 걸기도 했다. "혼자 왔어요?" 뻔하지만 통하는 그런 말들. 나는 브라운 동생 친구로 통했다. 브라운 동생 친구라고 하는 형제가 브라운 동생 친구를 마중 가던데. 누군가가 말했다.

브라운과는 인사했어요? 어떤 사람이 물었다. 나는 대답 대신 브라운과는 어떻게 아는 사이인지 물었다. 같이 사는 친구. 브라운을 데려올까요? 나는 못 들은 척 무슨 일을 하는지 물었다. 놀아요. 어떻게 해야 잘 놀 수 있을지 연구하죠. 일종의 프로젝트. 브라운도 프로젝트 그룹의 일원이라고 했다.

브라운과 같이 사는 친구는 결국 브라운을 데리러 갔다. 브라운에게 나를 어떻게 소개해야 할까. "삼 년 전 어떤 술자리에서 나에게 입냄새 제거용 껌을 준 적이 있는데 기억나세요?" 나는 할말을 고르다 막막해졌다. 출입문 옆쪽에 계단이 있었다.

계단을 올라가니 옥상이었다. 옥상 테이블에 한 남자가 앉아 있었다. 남자가 나를 보고 걸어왔다. 내가 가만히 서 있자 그애가 먼저 옥상에서 내려갔다. 계단이 어두운데. 나는 걱정하면서 출입구 쪽을 봤다.

출입구 옆에는 옥탑방이 있었다. 옥탑방이 있는 옥상이라니 마음에 들었다. 옥탑방에는 작은 책상이 있었다. 가구는 그게 전부였다. 책상 위는 노트북, 보다 만 책, 담배, 물 얼룩이 진 컵, 맥주캔 따위로 어지러웠다. 구석에는 이불이 말려 있었다. 구겨진 이불을 펴고 누웠다. 언제 아래로 내려가지. 브라운과 브라운들과 브라운 동생 친구라고 하는 형제가 아래에 있다. 형제가 마중 나간 또다른 브라운 동생 친구도 아래에 있을까.

돌아가기 싫어. 아래에 내 자리는 없다. 아래에만? 내 자리라는 것을 가져본 적이 있을까. 내가 할 줄 아는 건 이렇게 누워 있는 것뿐인데. 졸려.

누군가 창문을 쳤다. 나는 화들짝 깼다. 그후로도 몇 번 누군가가 창문을 두드리고 갔다. 그냥 장난삼아 치고 가는 것 같았다. 초인종 장난은 집주인이 문밖으로 나와서 화내는 걸 몰래 보는 맛이지. 그러나 나는 집주인이 아니었다.

다시 눈을 떴을 때는 집주인이 들어와 있었다. 진짜 집주인이 오자 아무도 초인종 장난을 하지 않았다. 창문이 열려 있었다.

"일어났네. 숨막히지 않았어?"

"아까는 괜찮았어요."

"지금은?"

"산소 부족. 여긴 둘이 있기엔 좁은 것 같네요."

브라운이 웃었다.

"변한 게 없네. 너구리, 너는."

"많이 변했어요."

"보이는 부분을 말한 거야. 키가 그대로라고."

"나도 보이는 부분을 말한 거예요."

나는 가슴을 살짝 내밀었다. 브라운이 정색하고 내 가슴을 봤다.

"보기만 해서는 모르겠는데."

브라운이 말했다. 내 입에서 바람 빠지는 소리가 났다. 픽. 브라운의 입에서도 픽. 모르겠음 말고.

"내려갈게요."

브라운은 잡지 않았다.

계단이 어두웠다. 조심스럽게 내려가는데 갑자기 환해졌다. 어떤 여자가 올라오고 있었다. 여자는 맨발이었는데 말굽 같은 굽이 달린 구두를 손에 들고 있었다. 계단을 디딜 때마다 짧은 원피스 자락이 말려서 허벅지가 드러났다. 적당히 살이 붙은 허벅지였다. 여자가 나를 올려다보고 활짝 웃었다.

"방에 있던 게 너였니?"

나는 그렇다고 했다.

"누구랑?"

"혼자요."

"우린 누가 안에 들어가서 섹스를 하고 있는 줄 알았어."

여자의 볼이 발그레했다. 사람들이 창문을 괜히 치고 간 게 아니었구나. 나는 여자가 지나가도록 옆으로 비켜섰다.

"내려가게?"

"친구들이 있어요."

내 말을 듣고 여자가 밑을 내려다봤다.

"밑에 아무도 없어."

나는 무슨 소리인지 몰라 가만히 있었다.

"파티는 끝났어. 지금 몇 시인 줄은 아니?"

"몇 시인데요?"

여자는 웃으면서 내 팔을 잡고 위로 올라갔다. 여자가 방으로 들어간 뒤 휴대폰을 꺼내 시간을 확인했다. 막차는 확실히 끊겼겠네. 돈도 없었다.

브라운이 담배를 피우러 나왔다.

"피울래?"

나는 거절했다.

"나 줘."

여자가 나와서 브라운이 꺼낸 담배를 가져갔다.

"내 여자친구야."

아직 소개시간이 끝나지 않았다니. 난 뻣뻣해졌다.

브라운의 여자친구는 목소리가 크고 말이 많았다. 이 사람 저 사람 혀에 올려놓고 방아를 찧었다. 방아깨비 같았다. 방아깨비는 뒷다리를 잡고 있으면 쉬지 않고 방아를 찧는다. 브라운과 나는 마주 서서 방아깨비의 다리 한 짝씩을 잡고 있었다. 방아깨비에 대한 기억은 대부분 좋지 않다.

억지로 피아노를 배우던 때가 있었다. 바이엘 하권 뒷부분에 있던 〈방아깨비〉는 너무 어려웠다. 방아깨비가 방아를 찧는 듯이 손가락을 놀려야 했다. 내 손가락은 곤충처럼 움직이기를 거부했다. 피아노 선생에게 매를 맞으며 〈방아깨비〉를 배웠다. 손가락에 멍이 들었다. 손가락은 방아깨비 색깔이 되고도 방아깨비 흉내를 내지 않았다. 결국 엄마가 먼저 포기했다. 나는 그제야 피아노를 그만둘 수 있었다.

방아깨비는 계속 떠들었다. 방아깨비 트라우마가 올라왔다. 나는 공황에 빠졌다. 방아 방아 방아깨비. 노래가 맴맴 돌았다. 노래가 언제 끝날까. 다행히 방아깨비는 인간적인 목을 가지고 있었다. 목이 마르네. 맥주 좀 가져올게. 당연히 목이 마르겠지. 방아깨비는 아래로 내려갔다.

"시끄러운 여자지?"

"데시벨 측정하면 항공기 정도는 나오겠는데요."

방아깨비가 브라운의 여자친구라는 걸 잠시 잊었다. 나는 덧붙였다. 죄송해요.

"측정 가능한 데시벨 초과라고 뜰걸."

브라운은 그렇게 말하고 방으로 들어갔다.

"너도 들어와. 아직 밤엔 쌀쌀하네."

서성이고 있자 브라운이 불렀다. 나는 방으로 들어갔다.

"일교차가 크네요."

"여기 앉아."

브라운이 자리를 내줬다. 브라운 옆에 앉아 방아깨비를 기다렸다.

"심심하네요."

"나도."

"여기서 살아요?"

"친구랑 둘이서."

"친구는 어디 갔어요?"

"여자랑 나갔어."

그러고 나니 할말이 없었다. 브라운이 내 손을 잡았다. 나는 브라운을 내버려뒀다. 브라운은 요즘의 생활에 대해서 얘기했다. 얼마나 절망적인지 얼마나 외로운지. 모든 것이 얼마나 따분한지. 무슨 말이 그렇게 많아. 따분해져서 브라운의 손을 당겼다. 키스 후에 브라운이 일어나서 창문을 닫았다. 브라운과 눈이 마주쳤다.

"눈 맞았네?"

"눈 맞았어?"

"지금은. 내일이면 끝이겠지."

그렇게 말하지 마. 브라운이 내 입을 막았다. 나는 누웠고 브라운은 내 위로 올라왔다. 많이 컸네. 브라운이 내 가슴을 애무하며 말했다. 당신은 언제 이렇게 말라버렸어. 나는 그렇게 말하는 대신 그의 머리를 쓰다듬었다. 바싹 말랐어.

맥주를 들고 돌아온 방아깨비는 나른해 보였다. 아래에 가봤는데 빈 병밖에 없더라. 나가서 사왔어. 방아깨비는 두 캔을 급하게 마시더니 곧 잠들었다. 잠들기 전까지 말을 했다. 브라운이 방아깨비에게 이불을 덮어주고 불을 껐다. 브라운과 나는 방아깨비를 가운데에 두고 누웠다. 잘 자. 잘 자요.

새벽녘에 잠깐 깼는데 브라운이 방아깨비와 방아를 찧고 있었다. 물은 건너편에 있었다. 목이 마른데. 방아깨비와 브라운은 금방 섹스를 마쳤다. 나는 목이 말라서 잠을 설쳤다.

여름에는 해가 일찍 뜬다. 방안으로 푸른 빛이 들어왔다. 차가 다닐 시간이다. 브라운과 브라운의 여자친구는 서로를 안고서 깊은 잠에 빠져 있었다. 나는 조용히 밖으로 나왔다. 바깥 공기는 신선했다. 작업복을 입은 사람들이 지나다녔다. 하늘색 작업복을 입은 남자가 철공소 문을 열었다. 셔터 올라가는 소리가 크게 났다. 나는 불길한 예감에 휩싸여서 거리를 걸었다. 결코 행복해질 수 없으리라는 예감 같은 것. 누구도 제대로 사랑할 수 없고 따라서 누구에게도 유일한 무언가가 될 수 없으리라는 그런 예감.

버스가 한참이나 오지 않았다. 나는 추위에 떨면서 버스를 기다렸다. 내가 타지 않을 버스들이 출근하는 사람들을 쏟아내고 정류장을 떠나갔다. 내 몸에서는 비린내가 날 것이다.

맥도날드 드라이브 스루

집은 조용했다. 가족들은 잠들어 있었다. 나는 냄새를 씻어내기 위해 샤워를 하고 내 방으로 들어갔다. 오늘이 무슨 요일이더라. 브라운네 파티가 금요일 밤이었고 그게 어제였으니 오늘은 토요일이다. 어제가 아주 멀게 느껴졌다.

철공소 거리에서 나에게 달려들었던 예감이 예언으로 변해 귓속으로 파고들었다. 예언이 귓속에 박혔다. 씻어낼 수 없을 것 같았다. 나는 두려움 속에서 잠이 들었다. 악몽은 꾸지 않았고 일어나자 참치가 보고 싶었다.

참치와 나는 가능하면 주말에 쉬었고 휴일은 보통 함께 보냈다. 참치가 여행을 가면 나는 혼자 무엇을 해야 할지 몰라 주말을 멍하게 보냈고 혼자 보내는 주말이 익숙해질 무렵이면 참치가 돌아왔다.

참치에게 난 뭘까.

시계를 보니 세 시간쯤 잔 것 같았다. 허기가 져서 부엌으로 갔다. 식탁에 국화차가 있었다. 식은 국화차를 마셨다. 밤새 갈증이 났었다. 냉장고 문에 종이가 붙어 있었다. 국화차의 효능이 적혀 있는 종이였다.

● 국화차의 효능

– 두통에 좋다.

– 냉증에 좋다.

– 식후에 뜨겁게 마시면 소화가 잘된다.

– 열을 내려주기 때문에 울화병에 좋다.

– 시력 회복에 효과가 있다.

– 맛은 달콤하고 쌉쌀하다.

모든 항목이 나를 위한 처방 같았다. 나는 머리가 아팠고 배가 차가웠으며 소화가 안 되고 열이 올라 가슴이 터질 것 같았고 눈이 멀었다. 참치의 집에서 나온 이후로 매일 그랬다. 투명한 유리주전자에 노란 국화차가 가득 담겨 있었다. 국화차를 한잔 더 마셨다. 달콤하고 쌉쌀한 맛이 필요했다.

그러나 국화차에서는 아무런 맛도 나지 않았다. 갈증도 풀리지 않았고 다른 증상들도 나아지지 않았다. 나는 차를 병에 담았다. 참치에게도 마시게 해봐야지. 참치에게는 나와 같은 증상들이 없는지 궁금했다.

참치의 집 앞에서 벨을 누르고 기다렸다. 참치의 집에 갈 때는 참치가 미리 마중나와 있을 때가 많았다. 아니면 내가 문을 열고 들어가거나. 벨소리가 낯설었다. 문 안에서 개 짖는 소리가 들렸다. 문을 열어준 것은 날이었다.

날의 개가 꼬리를 흔들며 짖었다. 날은 밖으로 나오려는 개를 안쪽으로 몰았다. "문 좀 닫아!" 날이 외쳤다. 나는 얼른 현관으로 들어가 문을 닫았다. 날 뒤쪽에 참치가 서 있었다. 당황한 것처럼 보이기도 했고 불쾌한 것처럼 보이기도 했다. 날은 개를 데리고 방으로 들어가서 나오지 않았다. 방에서 음악 소리가 들렸다. 참치의 취향은 아니었다. 내 취향도 아니었고.

"점심 먹었어?"

참치가 물었다.

"차를 마시러 왔어."

나는 가져온 보온병을 보여줬다. 우리는 나가서 차를 마시기로 했다. 산책을 하자. 날은 따뜻했고 강은 반짝였다. 강가의 정원에는 장미가 피어 있었다. 스프링클러가 물을 뿜어내서 장미가 반짝거렸다.

"장미 예쁘다. 장미는 만물의 영장 같아."

"장미는 여왕이지. 영장은 치킨이지."

"맞아. 만물의 영장은 치킨이야. 근데 영장이 뭐지?"

"너 참치 아니지? 영식이지?"

참치에게 영식이가 빙의됐나. 하지만 나도 영장이 무슨 뜻인지 몰랐다. 대장 비슷한 거겠지. 참치와 나는 그렇게 결론내렸다.

"치킨에 겁쟁이라는 뜻도 있는 거 알아?"

참치로 돌아왔구나.

"몰랐지?"

"몰랐다."

"닭대가리."

"너는 생선 대가리."

우리는 서로 흉을 보며 걸었다. 그러다 케르베로스를 만났다.

"멍멍."

"안녕."

우리는 케르베로스와 인사했다. 참치는 주머니에서 소시지를 꺼내 케르베로스에게 줬다. 케르베로스는 소시지를 맛있게 먹었다. 케르베로스가 먹는 모습을 보고 있으니 배가 고파졌다. 참치의 주머니를 뒤져서 소시지를 꺼내 먹었다. 꼬르륵. 참치의 배에서 소리가 났다. 참치도 소시지를 먹었다.

케르베로스는 참치를 잘 따른다. 참치가 오면 좋아서 날뛴다. 참치는 가끔 매점 주인에게 부탁해서 케르베로스를 풀어준다.

"놀까? 놀까?"

"멍멍멍멍."

참치는 오늘도 케르베로스를 풀어줬다. 나는 잔디밭에 앉아서 둘이 노는 걸 지켜봤다. 참치가 공을 던지면 케르베로스가 물어온다. 케르베로스가 공을 물어오면 참치는 요란하게 칭찬한다. 케르베로스의 목덜미를 마구 쓰다듬는다. 케르베로스는 좋아서 벌렁 드러눕는다.

"그만 놀고 가자."

참치는 내 말을 듣지 않고 케르베로스와 장난을 쳤다. 나는 케르베로스에게서 참치를 떼어냈다. 케르베로스의 눈이 축 처졌다.

"더 놀래."

"멍멍멍."

참치와 케르베로스가 졸랐다.

"안 돼."

"질투하는 거야?"

참치가 웃었다.

"아니거든."

"왜 울어."

"안 울거든."

"울지 마."

울화가 났다.

"케르베로스에게 그러지 마."

"뭘?"

"잘해주지 마. 넌 주인도 아니고 아무것도 아니잖아. 네가 가면 케르베로스는 기다릴 텐데 너는 돌아오지 않을 거잖아. 내가 틀려?"

"맞아."

"말해. 이번에는 언제 떠날 거야?"

"여름까지는 여기 있을 거야."

"여름이 지나면?"

"나도 몰라."

"이번에는 안 기다려."

"기다린 적이 있었어?"

참치의 눈이 사나워져 있었다. 갑자기 말문이 막혔다. 기다린 적이 있었냐고? 내가 너를 알게 된 후로 나는 내내 기다리고 있었다. 네가 나에게 말을 걸기를, 내 손을 잡기를, 나를 간절히 원하기를, 사랑한다고 말해주기를. 나에게 영원히 돌아오기를. 그런데 어떻게.

"넌 여기를 떠날 생각만 하잖아."

간신히 나온 말이었다. 그 순간 참치가 웃었다. 한 꺼풀 벗겨진 얼굴이었다. 참치는 희미해졌다가 희미해지기 전보다 선명해졌다. 선명해진 입으로 참치가 말했다.

"떠날 생각만 하는 건 너야. 가끔 넌 없어져. 여기에 없는 건 너야."

나는 강으로 눈을 돌렸다. 나는 강으로 뛰어내릴 수 없어. 나는 여기를 참을 수가 없어. 내 발을 묶고 있는 여기가 지긋지긋해. 하지만 나는 여기에 있어.

"어제는 어디 있었어?"

나는 어제 내가 어디에 있었는지 브라운과 어떤 밤을 보냈는지 얘기했다. 아침에 대해서는 말하지 않았다. 대신 날에 대해 물었다. 다른 집을 구할 때까지 참치의 집에서 지낼 거라고 했다.

"난 그때까지 못 기다려. 이제 기다리지 않을 거야."

참치가 케르베로스를 매점에 데려다주기로 했다. 나는 먼저 집으로 돌아갔다.

고마운 월요일. 진공상태에서 참치가 희미해져간다. 망우리 동물병원입니다. 무엇을 도와드릴까요. 나는 고객의 소리에 귀를 기울였다. 예약란을 빽빽이 채우는 것도 즐거웠다. 이층에서 예쁘게 단장한 동물들이 내려왔다. 이층에는 애견 미용센터가 있다. 매일 비포 애프터 쇼가 펼쳐진다. 들어올 때 덥수룩했던 개들은 말쑥해져서 나간다. 유행이 지나기는 했지만 귀를 알록달록하게 물들이는 개들도 아직 있다. 연두나 분홍으로 염색하고 갔던 개들은 애프터서비스를 받으러 오기도 한다. 이층이 아니라 일층 병원으로. 독한 염색약 때문에 피부병에 걸린 개들을 보면 측은하다.

"도넛 드실래요?"

선물로 들어온 도넛 상자를 열고 실장에게 권했다. "안 먹을래. 요즘 살이 찌는 것 같아서." 하이웨이스트를 입은 실장의 배는 납작했다. 실장은 근처 피트니스센터의 VIP다. 나는 하나를 먹으려다 그만두고 상자를 닫았다.

6월이 지나고 실장이 사라졌다. 실장은 은행 업무를 보러 나갔다가 돌아오지 않았다. 실장이 두 시간이 넘도록 돌아오지 않아서 전화를 걸었는데 꺼져 있었다. 오후에는 전화 서비스가 중단되어 있었다. 다음날 카운터로 우편물이 왔다. 상자 안에는 실장이 들고 나갔던 은행 업무용 파우치가 들어 있었다. 들고 나갔던 돈은 한 푼도 빠짐없이 병원 계좌로 입금되어 있었다.

실장은 왜 돌아오지 않았을까. 어디로 갔을까. 새로운 화제로 병원 안에 활기가 돌았다. 실장은 병원에서 육 년을 일했다. 남은 사람들의 업무 부담이 늘기는 했지만 병원은 별문제 없이 굴러갔다. 실장이 없어진 것에 익숙해질 때쯤 간호사 두 명이 한꺼번에 나갔다.

두 간호사는 스물넷 동갑내기로 병원에서 만나 단짝 친구가 됐다. 둘은 언젠가 같이 제주에 내려가 돈이 떨어질 때까지 허송세월을 보낼 거라고 얘기하고는 했다. 그들은 새로운 사람이 와서 인수인계를 끝내는 대로 제주로 내려가기로 결정했다. 두 사람에겐 반년 치 술값이 필요했다.

병원 업무를 전반적으로 관리하던 실장이 떠나고 간호사 둘이 나가기로 예정된 후로 나는 바빠졌다. 야간 업무를 하는 날이 부쩍 늘었다. 원장은 인원 충원을 미뤘고 병원은 성수기였다. 나는 점심시간이 되면 골목 깊은 곳으로 달려갔다. 골목 안 계단에 앉아 숨을 몰아쉬면서 숫자를 셌다. 숫자를 세다가 참치가 간절히 보고 싶어지는 때도 있었다.

일이 없는 낮은 막막했다. 시간이 흘러가기를 기다리면서 누워 있다가 한 번씩 현관문을 열고 밖을 내다보고는 했다. 누군가 서 있기를 기대한 것은 아니었다. 가끔은 문 앞에 서서 햇볕을 쬐었다. 비가 오는 날에는 비를 맞기도 했다. 영식이가 지나가다가 욕을 퍼부은 적도 있었다.

야간 업무는 좋았다. 새벽에는 전화가 자주 오지 않았다. 낮보다 조용했고 목소리 톤을 밝게 내지 않아도 괜찮았다. 새벽에 동물을 데리고 오는 사람들은 목이 잠겨 있었다. 나는 그 목소리에 맞춰 대답하거나 설명했다. 환자가 없으면 로비 벽에 달린 커다란 텔레비전을 봤다. 지루한 드라마가 끝나면 시시한 뉴스가 나오는 식이었다.

뉴스에서는 동물에 대한 보도를 자주 했다. 무슨 곤충이 어떻게 됐다든가 곰이 새끼를 낳았다든가. 아니면 나비나 새에 대해서. 나는 그런 것이 별로 궁금하지 않았다. 명희 언니는 뉴스가 나오면 하품을 하며 내게 말을 걸었다. 우리는 잡담을 하면서 커피를 마셨다. 밖에 나가서 담배를 나눠 피우기도 했다.

업무가 끝난 아침에 카페에서 놀다 헤어지는 날도 많았다. 언니에게 커피를 자주 얻어 마셨다. 보통은 둘 다 아메리카노를 마셨는데 힘든 환자를 받은 날에는 크림을 얹은 커피를 주문했다. 단것이 필요해. 그렇게 중얼거리면서 병원을 나오는 날이 종종 있었다.

함께 아침을 보내면서 명희 언니에 대해 어느 정도는 알게 됐다. 미국에서 칠 년을 보냈고 남편과 이혼하고 한국으로 돌아왔다. 남편은 마르고 신경질적인 사람이었다. 아이는 없고 지금은 혼자 산다. 일 년 전까지는 애인과 동거했다. 애인은 바람을 피우고 거짓말을 하고 돈을 빌렸다.

"한심했지만 사랑했어." 언니는 말했다. "그렇게 될 줄은 몰랐는데." 언니와 언니의 애인은 장을 보러 갔다. 자기가 계산해. 언니가 농담삼아 말하자 언니의 애인은 바지 주머니를 뒤집었다. 주머니에서 돌멩이가 굴러나왔다. "돌멩이라니. 어디서 그런 걸 주워온 건지. 그보다 참을 수 없었던 건 터진 주머니 솔기였어. 주머니 안쪽이 너덜너덜했는데 그게 왜 그렇게 보기가 싫던지. 집에 와서 장바구니만 안에 들여놓고 그 사람을 내쫓아버렸어."

언니는 아직도 그 사람을 만난다. 한 달에 두어 번 아니면 두 달 걸러 한 번. 나는 언니에게 참치 얘기를 별로 하지 않았다. 중요한 얘기는 거의 하지 않았고 슬쩍 참치와 관련된 사소한 일을 꺼내놓는 정도였다. 그러나 중요한 얘기라는 것이 무엇일까. 이야기를 하다보면 가장 중요한 것을 말하고 있는 느낌이 들 때가 있었다. 나는 모든 얘기를 다 한 것이나 다름없었다.

두 간호사가 그만둔 다음날에도 야간 업무를 했다. 아직도 숙취가 안 풀려. 두 간호사의 송별회에서 밤새워 술을 마신 명희 언니는 피곤해 보였다. 나도 오랜만에 술을 마셔서 속이 안 좋았다. 퇴근하고 콩

나물해장국을 먹으러 가기로 했다.

"넌 언제까지 여기 있을 거야?"

카운터에서 차트를 정리하던 명희 언니가 지나가는 투로 물었다.

"언제까지?"

내가 되묻자 언니가 뒤돌아서서 나를 봤다. 다문 입매가 단단했다. 나는 더 나은 대답을 해야 할 것 같았지만 결국 되묻는 것 이상으로 좋은 대답을 하지 못했다.

"여긴 오래 있을 곳이 못 돼."

나도 알고 있었다. 나는 임시직이었고 더 일한다고 해서 정규직이 될 거라는 보장도 없었다. 정규직이 된다고 해도 크지 않은 규모의 동물병원 접수원이기는 마찬가지다. 적은 돈을 받고 전화를 받거나 심부름을 하면서 젊은 날을 보내게 될 것이다. 하지만 여기가 아니면 어디로.

"너는 아직 젊어."

언니는 차트를 한아름 들고 진료실로 들어갔다. 문득 내 자리가 낯설었다. 병원에 들어온 이후로 지금까지 앉아 있던 저 의자도 내 것이 아니다. 여기에 내 것은 없다. 무심코 의자를 건드렸다. 의자가 흔들렸다. 나는 진동이 잠잠해질 때까지 가만히 서 있었다.

마지막 주에 휴가를 받았다. 수요일부터 일요일까지 오 일간의 휴가였다. 휴가철이 되면서 주말에도 일을 했다. 쉬고 싶지 않았다. 휴가를 반납하려 했더니 명희 언니가 말렸다. "까불지 마. 요즘 너 무리했어." 나는 전혀 무리하지 않았다. 그러나 결국 휴가를 받을 수밖에 없었다.

7월 내내 비가 오락가락하더니 마지막 주에 들어서자 소강상태가 됐다. 해는 더 뜨거워졌다. 바짝 마른 흙을 손가락으로 문질렀다. 나는 고양이침대의 보닛에 혼자 앉아 시간을 보냈다. 아무것도 하지 않고 가만히 앉아 있었다.

어느 날은 지나가던 고양이가 울었다. 동네 길고양이들은 환한 거리에서는 울지 않는다. 밤이 되면 발정난 고양이들이 울기도 하지만 대개는 조용하다. 길고양이들은 소리를 죽이며 사람들을 피해다닌다. 아직 날이 밝은데 고양이 한 마리가 와서 울었다. 나를 보고도 도망가지 않고 고양이침대를 긁어댔다. 내가 보닛에서 뛰어내리자 담 위로 뛰어올라갔다. 담 위에서 나를 내려다보며 울었다. 고양이침대의 앞문에 긁힌 자국이 무수했다.

요놈.

고양이에게 눈을 끔뻑하면서 발을 굴렀다. 고양이는 겁먹은 기색 없이 나를 빤히 쳐다봤다. 내가 먼저 눈을 돌렸다. 고양이가 훌쩍 내려와서 나는 물러섰다. 고양이는 또 문을 긁었다.

뭐라도 있나.

살금살금 걸어가서 차 안을 들여다봤다.

고양이다.

안에 얼룩 고양이가 웅크리고 있었다. 문이 잠겼을지 모른다는 생각도 하지 못하고 손잡이를 당겼다. 문이 열렸다. 고양이는 벌벌 떨고 있었다. 문을 긁던 고양이가 울었다. 차 안에 있는 고양이에게 손을 대려 하니 차 밖의 고양이가 꼬리를 바짝 세우고 갸르릉거렸다.

차 문을 닫고 집에 들어가서 꽁치 통조림과 그릇과 물을 가지고 나왔다. 꽁치를 잘게 부숴서 넣어주고 문을 닫았다. 남은 꽁치를 차 밖의 고양이에게 줬다.

먹었을까. 한참 기다리다 문을 열었다. 그릇이 깨끗이 비어 있었다. 고양이는 그릇을 핥다가 야옹 하고 울었다. 살았구나. 뭉클해졌다. 가끔씩 이렇게 뭉클해지는 일이 있었다. 뭉클 하고 솟는 것은 무엇일까. 알 수 없었다.

차 밖의 고양이가 몸을 세우고 울자 얼룩이가 밖으로 뛰쳐나왔다. 잘 가라. 두 고양이는 담을 따라 멀어졌다. 얼마나 더 살까. 둘은 어리지 않았다. 길고양이의 수명은 길지 않다. 막막해져서 차에 들어가 고양이가 있던 자리에 앉았다.

차에서 케케묵은 냄새가 났다. 꽁치 비린내까지 섞여 고약했다. 차 안은 달궈져 있었다. 숨이 막혔지만 왠지 아늑했다. 시간이 멈춘 듯했다. 차에는 사진이나 방석도 없었다. 낡은 지도책이 있기는 했지만 손이 가지 않았다. 글러브박스에는 뭐가 있을까.

글러브박스를 여니 사탕통이 보였다. 원통 모양의 양철 캔이었다. 통을 열어보니 오색 사탕이 가득 들어 있었다. 사탕도 유통기한이 있던가. 사탕들은 녹아서 엉겨 있었다. 노란 사탕, 오렌지색 사탕, 빨간 사탕이 엉겨 있는 덩어리를 입에 넣고 우물거렸다. 죽을지도 몰라. 사탕은 달았다.

서랍 안에 손을 넣어 더듬었다. 쇠 같은 것이 잡혔다. 차 키였다. 키를 꽂고 돌리니 시동이 걸렸다. 몰래카메라인가. 얼른 키를 빼 손에 쥐었다. 손바닥에서 땀이 났다.

차를 훔칠까. 고양이침대에 아직 주인이 있을까. 예전에 버려진 것이 아니었나. 고양이침대는 이 년째 이 자리에 있었다.

차가 생기면.

차가 생기면 맥도날드 드라이브 스루를 이용해보고 싶었다. 차에서 내리지 않고 햄버거를 주문한다. 직원이 건네주는 봉투를 받는다. 봉투는 따끈하고 묵직하다. 한강 주차장에 차를 세우고 참치와 햄버거를 나눠 먹는다. 카섹스하는 연인들을 훔쳐보면서. 침을 삼키다 웃음을 터뜨리면서.

차가 생기면 그러자고 참치와 약속했다. 우리는 지루할 때마다 차가 생기면 놀이를 했다. 차가 생기면 할 일들을 이야기하는 놀이였다. 할 일 하나를 떠올리면 둘이서 그 상황을 구체적으로 만들어갔다. 우리는 차를 타고 밤바다와 록 페스티벌과 클럽과 부산항에 갔다. 그런 이야기들을 길게 나눴다.

참치는 지금 무엇을 하고 있을까. 누구와 있을까. 집으로 돌아와 날과 함께 있을까. 시동을 걸었다. 맥도날드에 가자. 가까운 곳에는 드라이브 스루가 가능한 맥도날드가 없었다. 내가 아는 곳은 예술의전당 근처에 있는 맥도날드였다. 예술의전당까지는 한 시간이 넘게 걸렸다. 맥도날드를 찾았을 때는 진이 빠져 있었다. 드라이브 스루 표지가 반가웠다.

진입로에 들어서니 스피커폰이 있었다. 스피커폰에 대고 주문을 했다. 맥 스파이시 상하이 버거 주세요. 오래 고른 메뉴였다. 막상 메뉴를 보니 그다지 먹고 싶은 것이 없었다. 식욕은 있었지만 어떤 메뉴도 만족스럽지 않았다.

직원은 조금 떨어져 있는 곳에서 스피커폰을 받고 있었다. 나와 직원은 얼굴을 마주 보면서 통화를 했다.

맥 치킨버거 세트요. 직원이 되물었다. 아니요, 맥 스파이시 상하이 버거요. 나는 천천히 말했다. 그러는 동안 맥 스파이시 상하이 버거가 별로 먹고 싶지 않아졌다. 세트로 하시구요. 직원이 그렇게 묻자 완전히 마음이 식었다. 네, 세트로 주세요. 빅맥 세트요. 일부러 말을 흘려서 했다. 직원이 이번에도 제대로 못 알아들으면 그냥 직원이 들은 대로 먹어야지. 아니면 주문을 그만두거나.

직원은 빅맥 세트를 정확히 알아들었다. 커다란 갈색 봉투를 조수석에 놨다. 날이 어두워지고 있었다. 기름진 냄새가 났고 배가 고팠다. 예술의전당 근처의 거리들은 낯설고 딱딱했다. 햄버거 세트를 펼쳐두고 먹을 만한 자리는 없었다. 더이상 차를 몰고 헤맬 기운도 남아 있지 않았다.

햄버거가 식었다. 동네로 돌아와서야 봉투를 열었다. 식어버린 감자튀김은 푸석거렸다. 콜라는 미지근했다. 빅맥 버거는 맛이 없었다. 참치와 이야기를 나누면서 생각했던 맛이 전혀 아니었다. 우리의 이야기 속에서 햄버거는 쓰레기처럼 맛있었다. 메뉴를 정해두었어야 했던 걸까.

참치는 메뉴 고르기를 어려워했다. 그때 가서 네가 먹고 싶은 걸로 먹자. 참치의 제안이었다. 나는 모든 메뉴가 좋았다. 그래서 참치의 제안대로 하기로 했었다.

봉투가 비었다. 감자튀김 몇 조각만이 남았다. 빈 콜라 잔과 햄버거 포장지, 케첩, 냅킨을 봉투에 넣었다. 남은 감자튀김까지 넣고 나서 봉투 입구를 접었다. 속이 더부룩했다. 사오는 데에는 세 시간 가까이 걸렸는데 먹는 데는 십오 분도 걸리지 않았다. 맛도 모르고 먹어치웠다. 배는 부른데 입이 허전했다. 차라리 먹지 말걸.

쓰레기가 든 봉투를 들고 집으로 들어갔다. 왜 이렇게 늦었어. 엄마는 텔레비전을 보고 있었다. 맥도날드에 다녀왔어. 나는 봉투를 쓰레기통에 넣었다. 어두운 방안에서 텔레비전 불빛이 번쩍거렸다. 엄마 옆에서 텔레비전을 봤다. 엄마와 아빠는 일찍 일을 하러 나가서 밤늦게 돌아왔다. 나도 이번 달에는 주말 없이 일을 했다. 오랜만이네. 그러네. 우리는 별말을 주고받지 않고 텔레비전 앞에 앉아 있었다.

"그만두면 어떨까."

내가 말했다. 엄마는 내가 더 말하기를 기다렸다. 병원. 지금 하는 일.

"그만두고 뭘 하려고."

"쉬고 싶어서."

휴식이 필요해. 너무 오래 쉬지 못했어. 그렇게 덧붙이지는 않았다.

"다른 일을 알아보는 건 좋지만 더 나은 곳으로 가야지. 그만 놀 때가 됐어."

엄마의 얼굴에 푸른 그늘이 졌다. 지금까지 충분히 놀았잖아. 엄마는 중얼거리고 텔레비전으로 얼굴을 돌렸다. 나는 방으로 가서 악몽을 꿨다.

자주 꾸는 악몽이었다. 누군가와 거리를 걷다가 예쁜 가게를 본다. 누군가는 선물을 사주겠다고 가게로 들어가자고 한다. 컵을 파는 가게다. 가게의 선반에는 컵들이 진열되어 있다. 커다란 가게 벽 전체를 채운 컵들은 모양도 색깔도 다양하다. 누군가가 어서 컵을 고르라고 한다. 나는 컵들을 살펴본다. 컵들이 너무 많다.

난 컵을 원하지 않아. 누군가에게 말한다. 누군가는 들은 척도 하지 않는다. 어서 골라봐. 한없이 망설이고 있자 점원이 와서 묻는다. 어떤 컵을 원하세요. 나는 잘 모르겠다고 대답한다. 점원은 친절하게도 내가 원하는 컵을 찾아주려 애쓴다.

손잡이가 달린 것을 원하세요? 손잡이가 달려도 좋겠죠.

큰 것을 원하세요? 너무 큰 잔은 필요 없어요.

색은 어떤 것이 좋으세요?

색이라니. 컵들은 색이 다 다르다. 주황 하나만 해도 채도별로 있는데. 온갖 주황, 온갖 빨강, 온갖 푸른색, 세 가지 무채색. 선반은 늘어나고 컵도 계속 늘어난다. 컵의 위치는 조금씩 변한다. 컵을 구분할 수가 없어진다. 애초에 나는 컵을 원하지 않았는데.

점원이 한숨을 쉬면서 창고에서 다른 컵들을 꺼내온다. 다른 점원들도 다가온다. 무슨 일이야. 원하는 컵을 못 찾으시겠대. 나는 물러나서 가게 문 손잡이를 잡는다. 누군가가 화를 낸다. 어서 골라. 선물이라니까.

손잡이를 잡은 채로 가게를 둘러본다. 너무나 많은 컵들. 컵이 하나쯤 있어도 좋겠지. 하지만 지금은 못 고르겠어. 난 컵을 원하지 않아. 꿈에서 나는 손잡이를 잡고 언제까지나 그 가게에서 나가지 못한다.

나갈 수도 있었어. 꿈에서 깨서 생각했다.

토네이도 뉴스

토네이도가 왔다. 커다란 회오리바람이 불어 마을 하나가 사라져 버렸다고 했다. 아침을 먹다가 언뜻 바람을 봤다. 뉴스는 곧 다음 장면으로 넘어갔고 나는 바람을 제대로 보지 못했다. 바람은 아주 컸다. 그런 인상만 남았다.

지난봄에도 미국은 토네이도로 피해를 입었다. 토네이도는 중서부 지역에서 멕시코 만으로 이동했다. 켄터키, 인디애나, 오하이오, 앨라배마, 조지아에서 사람들이 죽거나 다치거나 집을 잃었다. 집들은 무너졌고 밭에서는 농작물이 쓸려나갔다. 시속 삼백이십 킬로미터의 바람이었다.

오늘 부는 바람의 세기는 얼마일까.

창밖에서 나뭇가지가 흔들렸다. 밤새 비바람이 몰아쳤다.

태풍이 온다는 예보는 없었는데.

이런 날씨에는 불쏘시개를 구하기 어려웠다. 내가 어릴 때 외가에서는 아궁이에 밥을 지었다. 그때는 여름방학을 외가에서 보냈다. 오후에 외할머니와 땔감거리를 주으러 다녔다. 나뭇가지를 꺾어 쓰지는 않아서 땅에 떨어진 나뭇가지만 모아야 했다. 할머니에게 나뭇가지를 가져가면 반 넘게 퇴짜를 맞았다. 젖어서 안 돼.

비가 오는 날에는 과자가 들어 있던 종이상자 같은 것들을 아궁이에 넣었다. 창고에 있는 싸릿대나 나무토막을 쓰기도 했다. 할머니는 성냥을 가지고 오라고 시켰다. 나는 할머니 마실 간 사이에 불장난하던 성냥갑을 가져갔다. 큼직한 팔각 성냥갑이라 성냥이 줄어든 티가 나지 않았다. 할머니는 성냥을 갑에 칠해진 황에 대고 그었다.

바람이 심한 날에는 불이 잘 안 붙었다. 나까지 달라붙어 성냥 주위에 손을 대고 지켜도 소용없었다. 허리가 아파 일어서면 할머니는 라이터를 꺼내 아궁이 깊이 손을 넣었다. 처음부터 그렇게 하지. 나는 그런 생각을 하며 마루에 앉아 아궁이에서 연기가 피어오르기를 기다렸다.

마당이 연기로 자욱해졌다. 할머니는 뿌연 연기 속에서 부지깽이로 불쏘시개를 뒤적거렸다. 매캐한 연기 때문에 기침이 났다. 할머니와 나는 콜록거리면서 밥솥에서 김이 솟기를 기다렸다. 나는 할머니 옆으로 가서 부채질을 했다. 연기가 다른 쪽으로 날아가도록.

달궈진 솥뚜껑에서 김이 새어나온다. 김은 솥뚜껑에 내려앉기 전에 흩어진다. 솥뚜껑이 품고 있는 열기가 김을 물러나게 하는지도 모른다. 김은 공중에서 흩어져버린다. 뜸을 들이는 동안 연기가 빠져나가 마당이 맑아진다.

나는 밥내음으로 먼저 배를 채운다. 저녁상은 간소하고 언제나 비릿한 냄새가 났다. 할머니는 황해도 사람이었다. 갓 지은 밥에 조갯살을 넣은 계란찜을 비벼 먹었다. 밤이 깊어지면 문을 걸어잠그고 만두를 쪄 먹었다. 만두를 먹고 배가 부르면 누워서 텔레비전을 보다 잠들었다.

그 마을에는 열두 살 소년이 칼을 들고 돌아다녔다. 떠돌이 고아였다. 그애가 나타난 후로 마을 사람들은 문을 걸어잠그고 지내게 됐다. 그 아이를 직접 본 적은 없다. 나는 아주 깊은 밤에 몰래 밭으로 나가 서성였다. 옥수숫대 아래에 서서. 별자리를 헤아리기도 하면서.

소년은 어느 집을 털다 경찰에 잡혀갔다. 그래서 어떻게 됐대. 내가 물었다. 소문을 전해준 사람은 모른다고 했다. 당연하다는 듯이. 모르지. 그 아이가 들고 다니던 칼에 다친 사람이 있다던가.

휴가는 오늘로 끝이다. 시리얼을 먹고 난 그릇을 설거지하다가 생각났다. 내가 왜 휴가를 안 가겠다고 우겼지? 명희 언니가 억지로 보내준 것이 고마웠다. 휴가를 미룬 건 참치 때문이다. 여름을 이렇게 멍하게 보내는 것도, 목화빌라 앞을 지날 때마다 발걸음을 늦추다가 가슴이 내려앉는 것도, 전화가 울리기를 하루종일 기다리게 된 것도 모두 참치 탓이다.

설거지를 마치고 텔레비전 앞에 멍하니 앉아 있는데 문자가 왔다. 모르는 번호였다.

—엉덩이로 와.

엉덩이는 강가에 있는 돌의자인데 동그스름한 게 나란히 붙어 있는 모양이라 우리끼리 '엉덩이'라고 부른다. 문자를 보낸 사람이 참치였으면 하는 바람이 강하게 들어 답장도 하지 않고 강으로 나갔다.

비가 또 오려는지 하늘이나 길이나 회색이었고 미지근한 바람이 불었다. 엉덩이는 강으로 들어가는 입구에서 일 킬로미터 정도 떨어져 있어 빨리 걸으면 십오 분 정도 걸린다. 엉덩이 쪽에 농구 골대가 있어서 밤에 갑자기 농구를 하자고 모일 때는 '엉덩이로 와' 하고 연락을 하고는 했다. 어느새 그런 일은 없어졌지만.

날 부른 건 누굴까? 케르베로스가 보낸 문자는 아니겠지. 케르베로스가 엉덩이에서 기다리고 있다고 생각하니 웃음이 났다.

엉덩이 가는 길에는 쉬숲이 있다. 키가 크고 줄기의 둘레가 굵지 않은 나무들이 촘촘하게 심어져 있는 곳으로 급한 사람들이 들어가서 일을 처리하고 나오고는 한다. 나무가 심어져 있는 땅은 털보네 화장실만하다. 털보네 화장실과 쉬숲은 우리 동네에서 귀신이 가장 자주 출몰하는 곳이라고 한다.

얼마나 있을 곳이 없으면 변소에 살까. 귀신도 살기 팍팍한 건 마찬가지인가봐. 나는 쉬숲을 지나면서 귀신에게 애도를 표했다. 겨우 이 생을 다 살아내고 안도하고 있는데 귀신이 돼버리면 얼마나 막막할까.

어쩔 수 없이 막막해져서 엉덩이에 도착했다. 엉덩이에는 아무도 없었다. 나는 엉덩이에 앉아 나를 부른 사람을 기다렸다.

날 부른 건 누굴까.

당신은 누구십니까. 나아는 영수입니다. 그 이름 바보 같구나. 여자 꽁무니나 따라다니는 이름 같구나. 당신은 누구십니까. 나아는 영식입니다. 그 이름 바보 같구나. 백수건달 정신 나간 이름 같구나. 당신은 누구십니까. 나아는 참치입니다. 그 이름 생선 같구나. 떠돌면서 헤엄치는 이름 같구나. 당신은 누구십니까. 나아는.

노래를 흥얼거리다 거기서 막혔다. 나아는 누구십니까. 나아는 누구냐. 너구리입니다. 노진이입니다. 여우입니다. 곰입니다. 치킨입니다. 괴물입니다. 붙여서 불러볼까. 당신은 누구십니까. 나아는 너구리여우곰치킨괴물 노진이입니다. 그 이름 초울트라슈퍼괴물 같구나.

괴물이 됐나. 언제부터. 그 밤부터였을까. 참치와 자정 넘어 들어간 그 귀갓길에. 아니면 국화차를 마신 아침에. 국화차에 이상한 물질이 들었던 걸까. 아니면 상해가는 연어를 먹었기 때문일까. 어쩌면 헤엄치는 법을 잊은 다음부터일까. 그래서 나는 이제 점점 걷는 법이나 숨쉬는 법까지 잊어가고 있는 걸까.

걷다. 숨쉬다. 그런 말이 생소해질 날이 오기도 할까. 살다. 사랑하다. 그런 말은 이미 너무 낯선데. 이것도 통속노래 노랫말 같구나. 그럼 다시 길거리 노래나 불러볼까. 아침 먹고 땡. 저녁 먹고 땡. 살았니 죽었니. 죽었다. 살았다. 살았나 죽었나. 코끼리 아저씨는 코가 손이래. 원숭이 엉덩이는 빨개. 엉덩이가 저리네. 빨개지겠네. 날 부른 건 누구신데 이렇게 안 오나. 여보세요, 거기 누구 없소. 가지 마오 가지 마 예. 내가 고백을 하면 아마 놀랄 거야. 깜짝 놀랄 거야. 사랑이란 이런 걸까. 아니 벌써. 해가 져가나. 내가 왜 여기 있는지 몰라.

왜 여기 있는지 몰라. 어쩌다 여기 있게 됐을까. 어쩌다 이렇게 됐을까. 막막한 오후에 혼자 이상한 노래나 흥얼거리면서. 노래를 부르는 동안 자전거 행렬이 지나갔다. 그 사람들은 언젠가는 자전거를 세우고 함께 밥이라도 먹으러 갈 것이다. 자전거 얘기를 하다가 나는 짐

작할 수 없는 여러 이야기들을 나누겠지. 그리고 직장 동료나 동창이 아닌 새로운 사람들을 사귀고 있다는 만족감을 얻고 집으로 돌아가게 될 것이다. 사회와 아직 연결되어 있을 뿐만 아니라 연결고리가 점점 더 단단해지고 있다는 믿음으로 편안하게 잠들 수도 있을 것이다.

자전거 행렬 앞뒤로는 연인들이 있었다. 연인들은 서로의 짝과 어깨를 나란히 하고 천천히 걸어갔다. 나도 자전거 행렬 속에 있을 수도 있었다. 아니면 누군가와 어깨를 나란히 할 수도 있었다. 그런데 어쩌다 나는 막막해하기나 하면서 누군지도 모르는 사람을 하염없이 기다리고 있게 된 것일까. 누가 올지도 모르면서. 아무나 와주기를 기다리면서. 누가 오기는 할까.

멀리서 우산 모양의 어떤 것이 떠다니고 있었다. 하늘에서 흔들리고 있는 그것은 아주 작고 아주 멀어 보였다. 선명한 하얀색이었는데 활짝 펼친 비닐우산 같기도 했다. 비 오는 날 새로 산 비닐우산이 몇 개나 되더라.

갑자기 비가 쏟아지면 싸구려 비닐우산을 산다. 그렇게 산 우산을 다시 쓰는 일은 드물다. 금방 망가지거나 신발장 구석에서 녹슬어간다. 못 쓰는 비닐우산을 다 꺼내어 쌓아놓고 싶어졌다. 우산 더미 앞에 말똥말똥 앉아 있다가 충분히 시간이 흐르면 우산을 버리러 가야지. 우산은 재활용이 될까.

재활용되지 못하는 것들은 어떻게 되는 걸까. 재활용되지 못하는 것들을 한데 모으고, 그다음에는? 분쇄하거나 그 위로 새로운 폐기물을 얹으면서 지난 것들은 잊어버리는 걸까. 나는 어디쯤에 묻혀 있는 걸까.

파내어줘. 파내어주세요. 뻔뻔스럽게 요구해볼 수도 있다. 그러나 일단 꺼내진다고 해도, 그다음에는? 더미 바깥에 있게 된다고 해서 무엇이 바뀔까. 모두에게 잊힌 채로 조용히 묻혀 있는 것보다 나을 것이 뭐가 있을까.

밑도 끝도 없이 그런 생각을 하다보니 화가 치밀어올랐다. 들끓는 분노가 온갖 방향으로 튀었다. 대부분의 음악, 대부분의 텔레비전 프로그램, 대부분의 블록버스터, 대부분의 인디영화, 베스트셀러, 맛없는 브런치, 맛있지만 비싸서 사먹을 수 없는 코스 스시, 재미없던 수업들과 병든 개들과 자기연민에 빠진 사람들과 그런 사람들을 자기연민에서 헤어나오지 못하게 하는 제도들과 정신병에 걸린 정치가나 비키니 같은 온갖 재미없는 것들로 화가 뻗쳤다.

화가 나면 화를 식힌다. 보통은 그렇다. 화를 내보면 어떨까. 하지만 무엇을 빌미로. 베스트셀러에게 화를 낼 수는 없다. 이렇게 화가 날 때면 공공장소에서 뜬금없이 분노를 터뜨리는 사람들이 이해가 됐다. 자리를 양보해주지 않는다고 소리를 지르는 노인이나 옷을 환불해주지 않는다고 히스테리를 부리는 여자. 그 사람들은 고작 그런 일로밖에 화를 내지 못한다. 나도 나중에는 그렇게 될까. 화를 삭이고 삭이다가 어디에 화를 낼지 몰라 어쩔 줄 모르고 허둥지둥 아무것에나 소리를 지르게 될까. 그렇게 되고 싶지 않아 화를 식히는 것이다. 이미 나는 내가 무엇에 대해서 정말로 화를 내고 있는 것인지 알지 못했다. 무엇이 나를 이렇게 화나게 하는지 어디에 화를 내야 하는지. 화가 날수록 무엇에 화가 나고 있는 것인지 모호해졌다.

그건 그렇고 나는 지금 누구를 기다리고 있는 것일까. 하늘에는 아직 하얀 우산이 떠 있었다. 우산은 급격히 가까워지고 있었다. 메리 포핀스는 아니겠지. 메리 포핀스가 우산을 타고 내려오는 장면도 있던가. 어쩐지 우산을 잡고 떠나는 장면만 떠오른다. 메리 포핀스는 우산을 타고 떠난다. 삐삐에게는 조랑말이 있지. 메리 포핀스나 삐삐는 아무때나 떠날 수 있다. 우산도 조랑말도 없던 도로시는 회오리바람이 데려갔다.

하지만 나는 언제까지나 여기에 있을 것이다. 떠나지 않을 거라면 떠날 생각을 하면 안 된다는 생각을 하고 있는 그래서 사실상 떠날 생각만 하고 있는 참치와는 다르다. 참치가 이번에는 얼마나 참을 수 있을까. 늦어도 내년 여름에는 호주에 간다고 했다. 늦어도. 아마 참치는 내년 여름까지 참지 못할 것이다.

참치는 여러 번 훌쩍 떠났다가 태연한 얼굴로 돌아왔다. 이제 당분간은 괜찮아. 돌아오면 그렇게 말했다. 참치는 오래 버티고 있다. 여행을 떠올리게 하는 것들을 침대 밑에 숨겨두고. 머리맡에 있는 여권을 들고 도망치듯 떠나지 않고. 깊은 밤과 이른 아침 사이의 시간에 전화를 걸어 다녀오겠다고 말하지 않고. 어쩌면 그래서 이번에는 돌아오지 않을지도 모른다. 돌아오지 않을지도 몰라. 참치에게 내가 돌아와야 할 이유가 됐던 적이 있을까.

저 우산을 타고 참치가 내려온다면 물어봐야지. 그리고 내가 돌아와야 할 이유가 됐던 적이 있다고 대답하면 다음에도 그래달라고 말해볼 수 있을 것이다. 그 정도는 들어줄 수도 있지 않겠냐고.

기껏 기다리지 않겠다고 다짐해놓고는 이런 생각. 한심해서 자리에서 일어났다. 내가 있는 쪽으로 걸어오는 애들이 보였다. 나를 보고 뛰어오는 영식이가 시커멓고 커다란 개처럼 보여서 웃음이 났다. 영수, 날, 희수도 있었다. 날이 날 보는 눈이 그냥 그랬다. "네가 불렀어?" 날이 영수에게 묻는 소리가 반갑다는 뜻은 아닌 것 같았다.

누가 나를 불렀는지 나도 궁금하다. 하지만 물을 새도 없이 영식이가 앞쪽으로 달려나갔고, 날과 섞이기 싫어 나도 따라서 달렸다.

"비 떨어지잖아, 멍청아! 어디 가는 거야!"

소리치자 영식이는 장난스런 얼굴로 뒤를 한번 돌아보고 긴 다리로 빠르게 멀어졌다. 뒤에 있는 애들은 슬렁슬렁 걷고 있었다. 왠지 거북해서 영식이를 쫓아가는 척 계속 달렸다.

영식이는 다리 위에 올라가 있었다. 아까보다 더 굵은 빗방울이 떨어졌다. 오랜만에 뛰어서 명치가 아팠다.

"숨을 쉬어! 숨을 쉬어!"

영식이가 도와주는 척 내 등을 때렸다. 나는 헐떡이면서 영식이를 걷어찼다.

"날 왜 부른 거야?"

"형이 도전한대."

나는 그 '도전'이 아주 바보 같을 것임을 직감하고 더 묻지 않았다. 듣고 싶지 않아. 하지만 영식이는 애들이 오기 전에 모든 것을 얘기했다. 이 다리에서 영수가 뛰어내리면 희수가 사귀어주기로 했다는 얘기였다. '증인'이 최소 셋은 필요할 것 같아서 날 불렀다고 했다.

"진심이야?"

영식이가 대답처럼 난간을 두드렸다. 난간 아래로 강이 흘렀다. 이다리는 남자애들이 스케이트보드로 묘기를 부리려고 뛰어내리는 그런 곳이 아니었다. 여기서 뛰어내리는 애는 지금까지 한 번도 못 봤다. 다리와 강 사이는 꽤 멀고 이 부근은 수심이 꽤 깊다.

신고를 해야 할까 망설이는 사이 일은 진행됐다. 영수는 의기양양하게 다리 난간에 올라섰고 망설임 없이 뛰어내렸다. 사랑한다, 강희수! 그 소리가 너무 끔찍해서 토할 것 같았다. 날은 웃어댔고 희수는 질린 얼굴로 바닥만 보고 있었다.

언제까지 웃나 보자. 나는 팔짱을 끼고 걔네를 봤다. "형! 빨리 나와." 영식이가 영수를 부르는 소리가 들렸다. 나와 거리를 두고 서 있던 날이 난간 가까이 걸어왔다.

"왜 그렇게 봐?"

그 신경질을 무시하자 날의 얼굴이 일그러졌다.

"넌 맨날 그래. 그런 눈으로 날 보면서 속으로 비웃고 있지. 정말 싫어."

"그래."

나는 그렇게 말할 수 있을 뿐이었다. 희수가 날을 따라와서 난간 아래를 한번 보고 날에게 속삭였다.

"뭐래?"

"몰라. 재수없는 년."

"야! 형 이상해."

난간 아래로 소리를 지르고 있던 영식이가 갑자기 심각한 얼굴을 하고 날의 팔을 잡아끌었다. 날은 영식이가 잡아끄는 대로 끌려가고 희수는 같이 끌려가지 않으려고 날의 팔을 놓았다. 지겨워. 희수의 입

모양이 보였다. 예전부터 저런 식이었다. 길에서 요란스럽게 인사를 건네는 남자애들이나, 역이나 식당에서 슬쩍 말을 건네는 남자들과 희수는 눈도 마주치지 않는다. 나도 처음에 어설프게 인사를 했다가 무안을 당한 적이 있었다.

희수에게는 영수도 예쁜 얼굴에 혹해 무작정 집적대는 남자애들 중의 하나였던 걸까. 희수는 등을 돌리고 날이 간 방향으로 멀어졌다. 나는 난간 아래를 봤다. 멀쩡하네. 영수는 강 밖으로 나와 희수에게 뭔가 말하고 있었고 영식이는 날의 손을 피해 달아나고 있었다. 벌써 몇 대 얻어맞았을 것이다. 지겨울 정도로 익숙한 풍경이었다.

지겨워.

나는 희수 흉내를 내서 빼끔거리며 난간에 맺힌 빗방울을 손으로 문질렀다. 구름을 보니 곧 비가 한바탕 쏟아질 것 같았다.

나도 내기를 해볼까? 여기서 뛰어내리면 참치를 정말 그만 기다리는 거다. 여기서 뛰어내리면 난 더이상 참치가 겁쟁이라고 무시하는 너구리가 아니고 날 한 번도 잡은 적 없는 그애를 기다리는 것도 그만두겠다. 고백하고 나와 같은 마음이 아니라면 나도 끝내겠다. 나는 난간을 잡고 발을 올렸다.

난간 위에서 내려다보니 올라오기 전보다 훨씬 아득했다. 역시 안 되겠어. 다리가 떨려서 발을 옮길 수가 없었다. 까딱하면 추락이다. 아래에 있는 애들이 나를 보고 뭐라고 소리를 쳤는데 어지러워서 알아듣지 못했다. 이마에서 식은땀이 나는 게 느껴졌다. 바람 소리가 귀에서 울렸다.

절대 떨어지지 않을 거야. 나는 차갑게 식은 손을 말아쥐고 눈을 감왔다. "움직이지 말고 기다려!" 문득 그 소리가 귀에 들어왔다. 영수 아니면 영식이. 영식이일 것이다. 영식이가 오고 있다. 조금만 기다리면 된다. 조금만.

몸이 휘청거렸다. 누가 가볍게 등을 밀었다. 바람이었다. 팔을 저었지만 손에 잡히는 것은 없었고 나는 두려움에 휩싸여 아래로, 아래로 떨어졌다. 끝이 없을 것 같은 순간에 이어 물이 몸을 때렸다. 물은 생각보다 빠르고 강하게 흘렀다. 발이 땅에 닿지 않자 다시 무서워졌다. 발을 구르라고 외치는 소리가 들렸다.

"쥐가 났어."

나는 겨우 물 밖으로 얼굴을 내밀고 비명을 질렀다.

"물살이 너무 빨라!"

근육이 점점 굳어 쥐가 종아리까지 올라왔다. 내가 구해준 고양이들은 어디 있는 걸까. 보은을 할 때가 왔는데. 무서워. 무섭다고 생각할수록 몸은 더 굳었다. 가라앉을 거야. 내 앞으로 분홍색 줄이 던져졌다. 나는 그 줄을 힘껏 잡아당겼다.

"그렇게 깊지 않아. 발을 땅에 대."

영수와 영식이가 강으로 걸어들어오면서 말했다. 나는 팔을 휘저으면서 쥐가 났다고 거듭 대꾸했다. 따뜻한 네 개의 손이 나를 잡을 때까지 나는 제정신이 아니었다. 영수와 영식이가 나를 끌고 물 밖으로 나갔다. 강 바깥은 수선을 떤 것이 부끄러울 정도로 가까웠다. 나는 푹 젖어서 작은 돌이 깔린 강가에 널브러졌다. 영식이가 굳은 내 발을 꺾으며 마사지를 했다. 날이 나에게 괜찮은지 여러 번 물었다. 괜찮아. 나는 다리를 잡고 숨을 고르며 대답했다.

집으로 돌아가는 길에 날의 허리에 묶여 있던 분홍색 집업이 없어졌다는 걸 알았다. 길 중간에서 비가 쏟아졌지만 다들 천천히 걸었다. 우리는 터널을 지나 큰길로 나가기로 했다. 미안해. 터널 속에 내 목소리가 작게 울렸다. 말을 하고 나니 가슴이 무겁게 내려앉았다.

"너구리가 술 산대!"

영수가 내 등을 툭툭 두드리고 애들을 향해 말했다. 술 산대! 술! 펄쩍거리는 영수 때문에 터널이 쩡쩡 울렸다. 시끄러워! 가만히 있어. 날이 짜증을 냈다.

여름휴가의 마지막 날이 끝나가고 있었다. 분명히 감기에 걸릴 거야. 다음날 감기와 월요병을 달고 출근할 생각을 하니 갑갑했다.

"참치는 왜 안 왔어?"

터널을 지나 골목 앞에서 헤어지기 전에 영식이에게 슬쩍 물었다.

"참치 또 여행 갔잖아. 몰랐어?"

이번에는 연락이 오지 않았다. 터미널이나 공항에서 꼭 전화를 했었는데.

"우리는 목화빌라로 갈 건데 너도 갈래?"

희수 손을 잡은 영수가 큰 소리로 물었다. 날이 아직 참치 집에 있나보다. 참치가 없는 참치의 집에서 날은 무슨 생각으로 지내고 있는 걸까.

나는 난간 위에서 내게 걸었던 내기를 생각했다. 하지만 어디 있는지도 모르는 애한테 무슨 고백을 한다고.

"나는 집으로 갈게. 열이 나는 것 같아."

애들은 목화빌라로 가고 나는 집으로 와서 따뜻한 물로 몸을 씻고 침대에 누웠다. 몸이 뜨거워서 창문을 여니 비바람이 안으로 들이쳤다. 창문 밖에 있는 커다란 나뭇가지가 흔들렸다.

지난봄에 미국 켄터키 주가 토네이도로 큰 피해를 입었다. 회오리바람이 자리를 옮기면서 마을들을 휩쓸고 지나갔다. 바람이 지나간 자리에는 잔해만 남았다. 옥수수밭도 휩쓸렸을까. 드넓은 땅을 채우고 있던 옥수숫대들이 한 방향으로 쓰러졌을까. 바람이 지나간 후에 쓰러진 옥수수들 사이에 서 있던 사람이 있었을까.

그 사람은 어떤 표정으로 잔해 위에 서 있었을까. 칼을 들고 다니던 열두 살짜리 남자애는 어떤 표정으로 옥수수밭에 숨어 있었을까. 왜 이러는 거예요. 왜 나에게 이런 불행이 닥친 겁니까. 바람에게 물을 수는 없다. 바람을 움직이는 힘에게 물어야 한다. 하지만 바람도 보이지 않는데 바람을 움직이는 힘이라니. 옥수수가 흔들리면 바람이 있겠거니 짐작할 뿐인데 바람 뒤에 감춰져 있는 것이라니.

왓 프라깨우 유티나이 캅

가령 참치는 이런 이야기를 들려줬다. 참치는 바다로 가는 투어를 예약할 여행사를 찾아 방콕 거리를 헤매고 있었다. 그 주에 그 도시에서 쿠데타가 있었고 그전 주에는 택시 운전사가 한인 관광객을 납치한 일이 있었다. 골목에서는 태국을 떠날 때까지도 익숙해지지 않았던 향신료 냄새가 났다. 헤매는 동안 해가 졌고 어두운 골목에는 병든 개들이 누워 있었다.

개들은 짖지 않았고 사람들의 말소리로 골목은 적막하지 않았다. 가난해 보이는 남자들이 길바닥이나, 길에 놓여 있는 플라스틱 의자에 앉아 있었다. 그중 한 사람이 참치에게 어디를 찾고 있는지 물었다. Follow me. 참치가 여행사 이름을 대자 남자는 손짓을 하면서 빠른 걸음으로 앞서 갔다. 다리가 긴 남자를 따라갔다. 짖지 않는 개들을 지나치며 골목 안쪽으로 들어갔다. 여행사는 환했다. Here. 남자는 여행사에 도착하자마자 가볍게 돌아서서 가버렸다. 참치는 남자의 등에 대고 고맙다고 외쳤다.

골목에서 나오기는 어렵지 않았다. 어떤 사람도 어떤 개도 참치를 붙잡지 않았다. 그들은 어둠에 묻혀 있었다. 참치는 큰길로 나와서 버스를 탔다. 에메랄드 사원이 있다는 광장으로 가는 버스였다. 태국을 안내하는 여행책자에 에메랄드 사원이 소개되어 있었다. 태국어로는 Wat Phra Kaew. 왓 프라깨우라고 읽는다.

왓 프라깨우 유티나이 캅? 참치는 그 말을 익히고 버스에서 내렸다. 에메랄드 사원이 어디에 있죠? 그러나 참치의 입에서는 버스에서 급하게 외운 그 나라의 말보다 영어가 먼저 튀어나왔고 거리의 사람들은 손을 살래살래 저으며 참치를 지나쳐갔다.

유 노 왓 프라깨우? 참치는 구멍가게에 들어가 물었다. 가게 주인은 허리가 굽은 할머니였고 코카콜라 말고는 알아듣지 못했다. 참치는 코카콜라를 마시면서 광장을 돌아다녔다. 광장에 유명한 유적지로 보이는 것은 없었다. 왓 프라깨우 유티나이 캅? 유 노 왓 프라깨우?

사람들은 미소를 짓거나 손을 흔들면서 참치를 지나쳤다. 멈추어 서서 참치의 말을 들어준 사람들도 결국은 모르겠다고 말했다. 그런 곳은 모르겠는데요. 참치는 여행 안내책자에 실릴 정도의 관광명소를 아무도 모른다는 것에 당황했다. 당황한 채로 택시를 잡아타서 에메랄드 사원으로 가달라고 말했다. 택시기사는 이 근처인데 그래도 가겠냐고 물었다. 참치는 그곳을 아는 사람을 만났다는 것만으로도 반가워 고개를 끄덕였다.

택시는 오십 미터쯤 가서 섰다. Here. 택시기사가 말했다. 왓 프라깨우 유티나이 캅? 참치가 창밖과 택시기사를 번갈아 보며 물었다.

Here. 택시기사는 바로 바깥을 가리켰다.

창밖에는 흰 담이 있었다. 참치는 택시에 타기 전에 흰 담 맞은편 길을 걷고 있었고, 그전에는 흰 담을 따라 걷기도 했다. 흰 담 안에 사원이 있다고 택시기사가 말해줬다. 저 담이 에메랄드 사원의 담이며 저 담도 사원의 일부라고. 그러니까 저 담이 왓 프라깨우라고.

참치는 택시비를 내고 내렸다. 왓 프라깨우는 입장시간이 지나 굳게 닫혀 있었다. 가까이서 보니 담에는 왓 프라깨우라고 적힌 표지판도 붙어 있었다. 그전에는 왜 이것이 보이지 않았는지 그리고 여기에 사는 사람들은 왜 이곳을 모른다고 했는지.

참치는 그 앞에서 잠시 서성이다가 버스를 타고 호텔로 돌아갔다.

"그게 다야?"

이야기가 끝나고 나는 그렇게 물었고 참치는 고개를 끄덕였다. 무슨 말을 하려는 건지 모르겠어. 참치는 내 투덜거림을 웃어넘겼다. 우리는 다르잖아. 그렇게 말하면서. 또 지도를 보고 있다고 면박을 주어도 그렇게 말했다. 우리는 다르니까.

참치에게는 지도를 보는 습관이 있었다. 참치에게 그런 습관이 있었을 적에 나에게는 별을 보는 습관이 있었다. 참치와 나는 같이 있다가 각자의 집으로 돌아가면 각자의 습관대로 시간을 보냈다.

뭐하고 있었어? 참치가 밤중에 전화를 걸어 물으면 나는 별을 보고 있었다고 대답했다. 내가 먼저 전화를 걸어 물을 때도 있었다. 뭐하고 있었어? 지도 보고 있어. 참치는 매번 지도를 보고 있다고 답했다. 왜 밤마다 그런 것을 보고 있니. 이해가 안 돼. 나는 나지막이 투덜댔다. 참치는 보통 웃어넘겼지만 진지하게 대꾸하기도 했다. 그러나 언제나 같은 말로 결론이 났다. 우리는 다르잖아.

우리가 다른가? 무엇이 우리를 다르게 할까. 출근길에는 새가 떨어지는 환각을 봤다. 새 뒤로는 해가 있었다. 해가 떨어져도 괜찮겠다고 생각했다. 아침해가 밝아서 나는 더 피로해졌고 몽롱한 상태로 애완동물가게 거리를 걸었다. 애완동물가게에는 오늘도 강아지들이 전시되어 있었다. 태어난 지 한 달이나 됐을까. 아주 작고 털에서 윤이 났다.

나는 출근할 때마다 애완동물가게 앞을 지나다녔지만 가게의 유리벽에 붙어서서 강아지들을 구경한 적은 없었다. 의식적으로 강아지들을 외면하면서 애완동물가게 거리에서 벗어났다. 하지만 오늘은 한 가게 앞에 멈춰 서서 유리벽 너머에 웅크리고 있는 어린 개들을 보고 있었다.

뭐하니. 명희 언니가 뒤에서 말을 걸었다. 나는 대꾸하지 않고 유리벽을 톡톡 쳤다. 유리 상자 하나에 강아지 세 마리가 들어 있었다. 벽을 두드리자 그중 한 강아지가 나를 쳐다봤다. 나는 가볍게 손을 흔들었다.

명희 언니는 내가 유리벽에서 몸을 뗄 때까지 기다렸다. 나는 고물거리는 강아지들에서 겨우 눈을 떼고 돌아섰다.

"저렇게 어린 개들은 스트레스에 약해서 지나가는 사람마다 벽을 두드리면 죽을 거라고 하지 않았어?"

언니가 말했다. 언젠가 내가 했던 말이었다.

"적응을 하겠죠. 계속 저 안에 있다보면 둔해질 거예요."

나는 그렇게 말하면서 점점 가까워지고 있는 동물병원 건물을 봤다. 병원은 오층 건물이고 옥상이 있다. 그림자가 옥상에서 떨어지고 있었다. 다리에서 떨어질 때 몸이 붕 떴던 느낌이 온몸을 감쌌다.

오후에 날의 아버지가 왔다. 미열이 있다는 것쯤은 잊어버릴 정도로 바쁜 오후였다. 날의 아버지는 잠깐 얘기를 하고 싶다고 했다. 퇴근시간까지는 시간을 낼 수 없다고 잘라 말하자 기분 나빠하는 기색도 없이 기다리겠다고 하고는 병원에서 나갔다.

너무 바쁜 날이었다. 일이 많아서 퇴근이 한 시간 정도 늦어졌다. 늦게 끝나서 다행이다. 날의 아버지는 가버렸을 것이다. 나는 날의 아버지와 만나기로 한 병원 앞 카페로 들어갔다. 구석 자리 안락의자에 날의 아버지가 앉아 있었다.

늦어서 죄송해요. 나는 맞은편 자리에 앉았다. 딸의 개를 집어던진 사람. 생각과는 다른 인상이었다. 마 소재의 옅은 하늘색 셔츠에 청바지를 입고 손목에는 무거운 금속시계 대신 여러 줄이 겹쳐진 가죽팔찌를 찼다. 눈만은 날카로워서 새삼 긴장이 됐다.

무엇을 묻고 싶어서 왔을까.

"뭐 마실래요?"

"감기 기운이 있어서. 금방 가봐야 돼요."

사양했지만 날의 아버지는 카운터의 아르바이트생에게 감기에 좋은 따뜻한 차를 물어서 주문을 하고 왔다. 차가 나올 때까지는 말이 없었다. 벨이 울리자 내가 일어날 새도 없이 날의 아버지가 카운터로 가서 쟁반을 받아왔다.

"나리가 집 나간 거 알죠?"

날의 아버지가 내 앞에 컵을 내려놓으며 물었다. 나는 레몬향이 나는 차를 천천히 마셨다. 날의 아버지는 말이 없는 나를 재촉하지 않고 자기 얘기를 했다. 내가 알 필요 없는 얘기들. 나는 한 귀로 흘려들으며 고개를 끄덕였다. 찻잔이 금방 바닥날까 조바심이 났다.

대학에서 유화를 하다가 가정 형편 때문에 그만두고 돈을 벌었다. 학교 후배였던 아내와 결혼하고 목공소에서 팔 년을 일하는 동안 나리가 태어났고 목공소를 그만두고 차렸던 술집은 반년 만에 망해 빚만 졌다. 나리가 고등학교 입학을 앞두고 있던 2월에 아내가 죽었다. 암이었는데 너무 늦게 알았다. 결혼하기 전에 잠깐 술에 빠져서 요양소 신세까지 졌는데 결혼하고 나서는 한 모금도 마시지 않았다. 아내가 죽고 병이 다시 도져서 술을 마시기 시작했고 그때 나리와 사이가 틀어졌다.

"딱 한 번 나리한테 손을 댔어요. 나는 엄청나게 취해 있었고, 걔는 내가 술만 마시면 소리를 질렀어. 그날은 돈을 달라는 거야. 이유를 물어도 말은 안 하고 소리만 계속 질렀어. 돈을 내놓으라고. 소리를 끄고 싶다는 생각이 머릿속에 가득찼어요. 내 딸이 내는 소리라는 생각이 안 들고 라디오 잡음처럼 들렸어. 음량을 최대로 맞춰놓은 라디오처럼 엄청나게 시끄러웠지. 한 대 치니까 소리가 꺼졌어. 무섭게 조용해지더라고. 다음날 술이 깨니 정신이 들어서 딸한테 미안하다고 빌었어요. 달라고 했던 돈도 주고. 그걸로 개를 사오더라고. 그후로는 그 개하고만 죽고 못 살고 나하고는 눈도 안 마주치려고 해요. 걔가 노래방 다니는 것도 이번에 알았어요. 그 개새끼 먹이고 입히려고 다녔겠지. 나리가 아직도 그 개 데리고 병원 다녀요?"

"이제 안 와요. 심하게 다쳤던 거 아세요?"

"차에라도 치였나보지."

"벽에 던지셨다고 하던데요."

"던진 게 아니라 귀찮게 굴어서 발로 밀었어요."

"저한테 그런 얘기를 하실 필요는 없어요. 그만 가도 될까요?"

나는 가방을 챙겨 일어났다. 얼른 자리를 뜨고 싶었다. 온몸에서 열이 나는 것 같았다. 집까지 갈 수 있을까? 오토바이가게에 참치가 있다면 나를 데려다줬을 텐데. 참치의 오토바이로는 집까지 금방이었을 텐데. 참치는 어디에 있는 걸까. 나는 여기서 이렇게 버티고 있는데.

"목화빌라 304호 맞죠?"

날의 아버지가 내 어깨를 잡고 나를 똑바로 쳐다보며 물었다.

"내 딸하고 얘기를 하려는 거예요. 304호 맞아요?"

"네."

그것으로 나는 벗어났다. 날의 아버지는 빠른 걸음으로 카페에서 나갔고 나는 그가 멀어진 것을 확인한 후 참치의 집으로 전화를 걸었다. 예상대로 날이 받았다. "너희 아버지가 그쪽으로 가고 있어. 조심해." 날이 욕하는 소리가 들렸다. 나는 전화를 끊고 나가 택시를 잡아탔다. 택시가 흔들려서 속이 울렁거렸다. 집에 들어가자마자 침대에 쓰러졌다. 침대가 흔들리는 것 같았다. 흔들리는 침대에서 잠이 들었다.

불안 때문이었을까. 두 시간도 못 자고 잠에서 깼다. 등과 겨드랑이가 땀으로 젖어 있었다. 목이 타서 물을 마시고 침대에 앉아 있다가 참치의 집으로 전화를 걸었다. 받지 않았다. 너무 늦은 시각인가. 십

분 후에 다시 전화를 걸었지만 받지 않았다. 자고 있을 것이다. 날은 이런 시간에 오는 전화는 귀찮아서 무시할 것이다.

잠을 자다가 여러 번 깼다. 참치가 날의 아버지에게 붙잡혀 심하게 맞는 꿈을 꾸다 깨었는데, 다시 잠들어서는 참치가 칼에 찔리는 꿈을 꿨다. 여행중에 옥수수밭에서 야영을 하던 참치를 어린 남자애가 칼로 찔렀다. 그 꿈을 꾸고는 더 잘 수 없어서 불을 환하게 켜고 날이 밝기를 기다렸다.

새벽 다섯시 무렵 가로등이 꺼지는 걸 보고 참치의 집으로 갔다. 304호 문 가운데가 우그러져 있었다. 무언가에 찍힌 자국이었다. 문을 열고 들어가니 집 안은 난장판이었다. 거울이란 거울은 다 깨져 있고 선반 위에 있던 것들은 바닥에 흩어져 있었다. 나는 한참을 헤매다가 내가 찾고 있는 것이 피라는 것을 깨달았다. 피는 없었다.

날의 연락처를 물어보려고 영수에게 전화를 걸었다. 영수가 바로 전화를 받았다. 순간 가슴이 철렁했다. 영수는 상황을 설명하지도 않고 병원 이름부터 말했다. 버스로 이십 분 정도 걸리는 종합병원이었다.

병원 입구에 날이 개를 안고 서 있었다.

"어떻게 된 거야?"

날이 나를 보고 눈물을 닦았다.

"아빠가 망치를 휘둘렀는데 참치 어깨에 맞았어."

그 정도면 됐어. 날과는 더 얘기하고 싶지 않았다. 응급실로 들어가려는 나를 날이 붙잡았다.

"안 들어가면 안 돼?"

"참치 여행 갔다며?"

왜 참치가 다친 거야. 네가 아니라. 그 말이 목 끝까지 차올랐다. 그 사람이 참치의 어깨를 내려치도록 왜 내버려둔 거야?

"난 애 죽이러 온 줄 알았어. 참치가 나오지 말라고 해서 방에 숨어 있었어. 얘는 내 동생이야. 내 가족."

날의 말에 울음이 섞였다. 날이 안고 있는 개가 나를 향해 으르렁거렸다. 날이 놓기만 하면 바로 나를 물 것 같았다. 내 팔목을 쥔 날의 손에 힘이 들어갔다.

"들어가지 마. 보지 마. 왜 우리 사이에 끼어드는 거야?"

날의 손을 뿌리치고 싶은데 기운이 없었다.

"왜 자꾸 망쳐놓는 거야? 난 네가 정말 싫어. 참치도 너라면 소름끼쳐해. 넌 아무것도 안 하면서 참치를 잡고 있잖아. 아무것도 안 할 거면서. 안 그래?"

맞는 말이다. 그냥 돌아갈까? 내가 저 안으로 들어간다고 해도 아무것도 변하지 않을 것이다. 참치가 정말 나를 소름끼쳐하게 됐을까? 언제부터? 나를 힘껏 붙잡고 있는 날이 부러웠다. 누군가를 이렇게 안간힘을 다해 붙잡을 힘이 나에게는 없었다. 경계하지 않아도 돼. 네가 이겼어. 참치를 가진 것은 너야.

"잠깐 얼굴만 보고 나올게. 걱정이 돼서 그래."

날이 불안한 눈으로 내 손을 놓지 않고 응급실 안으로 걸어들어갔다. 응급실 안의 침대들은 연녹색 커튼으로 가려져 있었다. 그중 한 커튼을 걷어내고 날이 안쪽으로 들어갔다. 나는 날에게 손목을 잡힌 채로 참치 앞에 섰다. 참치가 거기에 있었다. 영수와 얘기를 하고 있다가 나를 보고 웃었다. 엉망진창이 돼서 침대에 누워 있는 꼴을 상상했는데 아무렇지도 않게 침대에 앉아 있는 걸 보니 화가 났다.

"이번 여행은 병원으로 온 거야?"

"넌 얼굴이 왜 그렇게 부었어? 더 너구리 같아졌네."

"너는 상한 참치 같아."

나는 참치의 얼굴을 봤다. 드디어 네가 내 앞에 있다.

"나 가도 된대. 너 온다고 해서 기다리고 있었어."

참치가 영수의 부축을 받아 일어났다. 빗맞아서 괜찮을 거래. 영수가 말했다. 날이 내 손목을 놓았다. 손목이 욱신거렸다. 다른 생각은 나지 않았다. 넷이서 바다에서 아침을 먹고 가기로 했다. 바다는 우리가 가끔 가는 카페로, 동네에서 제일 일찍 문을 여는 곳이다.

바다의 샌드위치는 맛이 없다. 날은 푸석한 얼굴로 검은 커피만 홀짝거렸다. 카페 카운터에 샌드위치와 병 음료가 보관된 냉장고가 있었다. 냉장고 안에 있는 두 종류의 샌드위치는 창백해 보였다. 내가 들고 있는 샌드위치도 그 냉장고에서 나왔다.

"에그? 참치?"

"에그로 주세요."

주문을 받는 사람은 오전에 나오는 젊은 남자였다. 오전에 카페에 온 적은 별로 없었다. 출근길에 가끔 봤는데 말이 없어 보이는 인상이었다. 목소리를 들으니 신기했다. 살면서 목소리 덕을 보는 일이 꽤 있을 것 같았다. 울림이 좋았다.

목소리가 괜찮은 아르바이트생이 냉장고에서 에그샌드위치를 꺼냈다. 전자레인지에 이 분 정도를 돌리면 끝이다. 날과 참치, 영수가 나란히 앉아 있는 일자형 테이블로 샌드위치를 가져와서 포장지를 열었다. 달걀 냄새가 났다. 조금 오래된 것 같은 냄새였다.

"참치샌드위치 시킬걸."

"여기."

참치가 통조림을 꺼내 테이블에 올려놓았다. 참치는 나와 날 사이에 끼어 앉아 있었다. 통조림은 역시 참치였다. 참치통조림은 다시 참치의 주머니로 들어갔다.

바다에서 나와 집으로 돌아가는 길에 참치가 고양이침대 밑에 통조림을 놓았다. 누가 보지 않을 때 몰래, 슬쩍.

열대의 밤

열이 내렸다. 창밖은 여름. 열이 나는 채로 일을 하고 집으로 돌아가는 길에 쓰러졌다. 보통때는 버스를 타지만 그날은 밀크티를 사려고 지하철역으로 갔다. 지하철역 근처에 맛있는 밀크티를 파는 가게가 있다. 밀크티를 사서 역 안으로 들어갔다. 어지러워서 발을 헛디딘 건지 발을 헛디뎌서 어지러워진 건지 모르겠다. 어지럽게 계단에서 굴렀고 눈앞에 깜빡깜빡 빛이 반짝이다가 잠이 들었다. 얼굴이 기억나지 않는 사람이 구급차를 불러줘서 병원에 갔다. 일어나니 엄마가 있었다. 나는 가방을 찾았다. 엄마가 건네준 가방에서 밀크티를 꺼냈다. 밀크티가 담긴 병은 플라스틱이라 깨지지 않았다. 나는 병을 열어 밀크티를 마셨다. 미적지근하지만 달콤했다.

내 몸의 온도는 39도에서 조금씩 낮아져 결국 37도 아래로 떨어졌다. 평소보다 2.5도가 뜨거워졌을 뿐인데 입원을 하고, 다시 2.5도가 낮아졌을 뿐인데 이렇게 상쾌해지다니 우습다는 생각이 들었다.

"엄마, 열대과일이 먹고 싶어."

"집에 갔다 올 거야. 올 때 사다줄게. 뭐가 좋아?"

"파인애플."

"그럼 파인애플 갈아서 올게."

엄마는 가방을 챙겨 일어났다. 나를 보는 얼굴에 걱정이 어려 있었다.

"힘들어?"

엄마가 물었다. 나는 응, 하고 대답했다. 엄마가 그만두라고 말해주기를 기다리고 있었던 것 같다. 엄마는 내 얼굴을 쓰다듬고 안쓰러운 눈으로 나를 한번 더 본 뒤에 병실에서 나갔다. 나는 엄마가 나간 쪽을 바라보고 있다가 참치에게 전화를 했다.

"열대과일이 먹고 싶어."

"네 입속에 들어가면 과일이 녹을 거야."

"그럼 참치를 줘. 혀 위에서 참치가 녹을 거야."

"열대과일로 하자."

늦은 오후에 참치가 병실로 들어왔다.

"앉아도 돼?"

"그럼."

나는 혀를 내밀었다. 여기로 올라와. 참치는 혀 대신 침대로 올라왔다. 참치가 가져온 것은 바나나였다.

"파인애플이 더 좋은데."

"그럼 아까 얘기했어야지."

참치가 바나나로 내 이마를 밀었다. 이마에 닿은 바나나 껍질이 차가워서 기분이 좋았다.

"기분이 자꾸 좋다. 이상해."

"난 별로."

"전염시켜줄까?"

"좋아."

참치와 나는 입을 맞췄다. 바짝 말랐던 혀에 참치의 마른 입술이 닿았다. 서걱거리는 키스를 하고 우리는 웃었다. 그리고 우리는 이번 여름 이후에 대해 얘기를 나눴다.

"너는 어떻게 할 거야?"

"나는 엄마를 보러 갔다가 삼만원짜리 비행기 표를 사서 여행을 할 거야. 겨울 성수기에는 엄마 게스트하우스에서 일할 것 같고 봄에는 돌아올 거야."

"그리고 여름에는 호주로 갈 거야?"

"아마도. 너구리, 너는?"

"나는 여기에 있을 거야."

"나를 좋아한다며."

"좋아해."

"그럼 같이 가."

"말했잖아. 그럴 순 없어."

참치가 응급실에서 나온 아침에 나는 참지 못하고 참치에게 고백했다. 갑작스레 터져나온 것이었고 전화기를 잡은 내 손은 떨리고 있었다. 그때도 참치는 똑같이 말했다. "그럼 같이 가." 파리까지 갈 항공권을 살 돈만 있으면 자는 것과 먹는 것은 게스트하우스에서 해결될 거라고 했다. 돈이 모자라면 보태주거나 빌려주겠다, 고도 조심스럽게 덧붙였다.

참치가 천천히 하나씩 그런 말들을 해나갈 때 그애가 나와 같이 겁먹고 있다는 것을 알아채고 나는 놀랐다. 그리고 부드럽고 조심스럽게 참치의 제안을 거절했다. 비행기 값 정도는 있으며 게스트하우스에 가도 공짜로는 지내지 않겠다고, 적금을 깨면 한 달이나 두 달 정도의 여행도 가능할 거라고, 겨울 동안 게스트하우스에 일손이 모자라다면 도울 수도 있을 거라고. 호주의 농장에서 일하는 것이 즐거울 수도 있을 거라고. 하지만 가지 않겠다고 말했다.

나는 참치가 상처받은 것을 느꼈다. 그런 느낌은 처음이었다. 매번 상처받는 쪽은 나였으니까. 참치가 나 때문에 두려움을 느끼거나 상처를 받을 거라고는 생각해보지 못했다. 참치는 이번에도 같이 가자고 말해줬다. "왜?"라고 되묻지 않고, 그런 식으로 비난하지 않고. "왜?" 하고 묻는 것은 나였다. 대체 왜 그러는 거야, 나라는 너는.

내가 이목구비가 예쁜 여자가 아닐뿐더러 우아하거나 지적인 여자도 아니라는 사실이, 여기를 떠나 어디에서 살게 될지라도 변하지 않을 것이라는 사실이, 그보다는 내가 그렇게 믿고 있다는 사실이 나를 주저앉혔다. 나는 참치에게 그런 얘기를 털어놓고 위로받고 싶었다. 그것은 속이 메슥거릴 정도로 약한 생각이었고 그만큼 강렬한 유혹이기도 했다. 하지만 나는 그것이 얼마나 굳은 믿음인지 알았다. 그것은 오랫동안 굳어져온 믿음이었다.

"소용없어, 참치. 나는 여기에 있을 거야."

"나를 기다리겠다는 뜻이야?"

"아니. 나는 너의 집이 되지 않을 거야."

"그럼 난 어디로 돌아와야 해?"

"그건 네가 정해야지."

여기서 대화는 끝났다. 우리는 몰래랄 것도 없이 병원에서 나왔다. 참치가 먼저 나가고 오 분 정도 있다가 환자복 차림 그대로 일층으로 내려갔다. 산책을 나가는 것처럼 보였을 것이다. 하늘은 아직 밝았고 하얀 달이 떠 있었다.

"여름에는 해가 늦게 져서 좋아" 하고 내가 말하니 참치는 금방 어두워질 거라고, 어디로 갈까, 하고 물었다. 나도 참치도 생각나는 곳이 없었다.

"집으로 갈까?"

"집으로 가자."

소매가 넓은 환자복 안으로 바람이 들어왔다. 열은 바람이지만 조금 시원해졌다. 펄럭이는 옷을 입고 거리를 걸으니 해방된 것 같은 기분이 들었다. 어디로부터 해방된 건지는 알 수 없지만.

집으로 가는 길에 고양이침대에 들러서 잠깐 얘기를 하다가 헤어지기로 했다. 아무래도 바로 집에 들어가기는 아쉬우니까. 참치가 아이스크림을 사러 슈퍼에 간 동안 나는 고양이침대 앞에서 기다렸다. 참치는 이대로 돌아오지 않을지도 몰라. 그런 불안을 느꼈지만 예감은 빗나갔다. 참치는 바로 아이스크림 두 개를 사서 돌아왔다. 우리는 아이스크림을 하나씩 들고 고양이침대 보닛에 기댔다.

"피곤해?"

참치의 아이스크림이 녹아 바닥에 뚝뚝 떨어졌다.

"그냥 잠을 못 잤어. 열대야잖아."

"날도 잠을 설쳤겠네."

나는 날과 함께 아침을 기다리는 참치를 그려봤다. 나쁘지 않았다. 날은 참치가 같이 가자고 말하면 같이 갈 것이다. 그것도 나쁘지 않다.

"개는 이제 우리집에 없어."

"그럼 어디서 살아?"

"원래 집으로 갔대."

"안 좋네."

골목이 어둑해지고 있었다. 길게 내려오는 어둠. 솔직히 끔찍해. 내가 말했다.

"어깨는 어때?"

"아직 좀."

"다 나으면 놀러 갈래? 우리 가기로 한 곳 많았잖아."

"이별여행이라도 하자는 거야?"

"삐딱하긴."

"나한테 뭘 원해? 납치라도 해줄까? 기다린다고도 안 하고 같이 가겠다고 하지도 않고 나보고 어쩌라는 거야. 날 얘기는 왜 자꾸 하는데?"

"모두가 너처럼 떠날 수 있는 건 아니야."

"머무를 수 있는 사람도 없어. 누구든 변하게 돼 있다고."

더 있으면 안 될 것 같아. 참치는 소리를 지르고 싶은 것을 참는 것 같았다.

"날이 개를 맡기고 갔어. 가서 밥 챙겨줘야 돼."

"그래, 나는 병원으로 돌아갈게."

참치가 먼저 고양이침대 앞을 떠났다. 병원으로 돌아가니 엄마가 있었다.

"어딜 갔다 왔어?"

"답답해서."

엄마는 컵에 파인애플주스를 따라서 나에게 줬다. 우유가 섞인 파인애플 주스는 달콤하고 부드러웠고 조금은 비릿했다.

참치가 떠나기로 한 날이 정해진 후로 영수에게서 몇 번 연락이 왔다. 한번 모여서 술이나 마시자는 얘기였다. 영수는 복학을 앞두고 있었고 영식이는 곧 입대할 것이다. 날을 맞추기가 어려워 계속 미뤄지다가 참치가 가는 날이 아주 가까워졌을 때에야 시간이 잡혔다.

약속한 시간에 고양이침대로 가니 나 혼자였다. 얼마 지나지 않아 영수가 왔다. 영수가 오 분밖에 안 늦다니 이상했다. 학교 다닐 때 영수를 기억하게 된 건 영수가 교실에 가장 늦게 들어오는 애였기 때문이었다. 영수와 같은 반이 된 이후로 나는 조금 덜 혼났다. 아침잠이 많은 버릇은 아직도 고쳐지지 않았지만. 아마 앞으로도 고쳐지지 않을 것이다. 자세히 보니 영수는 잠에서 덜 깬 얼굴이었다.

"자다가 나왔어?"

"병에 걸렸나봐. 미칠 것같이 졸려."

"날과는 잘 지내?"

"헤어진 게 언젠데."

사귄 게 언젠데. 나는 그 말을 하려다 말았다. 영수 다음에는 영식이가 왔고 참치는 좀더 늦게 도착했다. 참치는 버버리 체크 가방을 들고 있었다. 마지막으로 날이 나타나서 참치에게 가방을 넘겨받았다. 날이 가방 지퍼를 열어서 개를 꺼냈다. 날의 개는 가방 안에 있는 것이 힘들었는지 아니면 날을 만난 것이 기뻐서인지 날에게 붙어서 캉캉 짖었고 다시 가방 안으로 들어가려 하지 않았다.

술과 안주를 서빙하는 우리 또래 남자애가 와서 우리에게 주의를 줬는데 너무 미안해해서 도리어 내가 미안해졌다. 우리는 남은 술을 서둘러 마시고 밖으로 나가기로 했다. 날은 자기는 개를 데리고 먼저 집으로 갈 테니 우리는 더 놀다 가라고 했지만 다들 날을 붙잡았다. 어쩐지 이렇게 모이는 것이 마지막일 것 같다는 생각을 하고 있는 게 나만은 아닌 것 같았다.

술집을 나와서 다 함께 참치의 집으로 갔다. 참치의 집은 아무 일도 없었던 것처럼 말끔히 정리되어 있었다. 거울이 있던 벽에는 못만 남아 있었다. 그 못들이 참치가 다쳤던 그날을 기억나게 했다. 티를 내지는 않았지만 참치는 나에게 아직 화가 나 있었다. 신경이 온통 그쪽으로 쏠려서 오가는 말들이 귀에 들어오지 않았다. 참치가 날에게 번호를 적어주는 것이 보였다. 바뀐 집 비밀번호였다.

밤을 새울 분위기였다. 집에 오는 길에 사가지고 온 술이 꽤 많았는데도 어느 순간 빈 병만 남았다. 술을 사온다며 나가는 참치를 아무도 말리지 않았다. 나는 참치를 따라 나갔다. 참치의 어깨가 걱정됐다.

참치는 나를 모른 척하고 맥주 몇 병과 페트 두 개를 샀다. 나는 참치가 든 봉지를 빼앗아들었다. 참치는 말리지 않았다.

길을 걷는데 빗방울이 떨어졌다.

"지겨운 비."

"이거 주고 너 먼저 뛰어가."

참치가 내가 든 봉지를 당겼다.

"뛰긴 싫어. 힘들어. 너 먼저 가. 난 천천히 갈래."

그렇게 말하고 걷는데 참치가 뒤에서 내 걸음보다 한 발짝씩 늦게 걸었다.

"답답하지 않아?"

"뭐가?"

"내가 너무 느려서."

"난 느린 게 좋아."

참치가 그렇게 말하니 마음이 놓여서 발걸음이 느슨해졌다. 비에 젖었는데 몸이 따뜻했다.

"감기 걸리겠다."

"따뜻해."

나는 씩씩해져서 골목 안으로 들어갔다. 골목 어귀에 토란이 자라 있었다. 언제 이렇게 자랐지. 넓적한 잎이 가로등 불빛을 받아 환했다. 환한 토란잎이 바람에 흔들거렸다.

"우산으로 써도 되겠다."

"우산으로 쓸까?"

"할머니한테 혼나."

"할머니는 안 무서워. 토란 신이라면 모를까."

참치가 토란 쪽으로 갔다. 나는 따라가서 참치를 말렸다.

"신이 있으면 어떡해?"

"있을 리가 있나."

"없으면 다행이지만."

참치는 벌써 토란을 하나 따서 나에게 주고 하나를 더 따려 했다.

"하나면 돼. 더 꺾지 마."

나는 토란우산을 참치에게 씌워줬다. 참치는 고분고분 말을 듣고 나를 따라왔다.

"우산도 생겼는데 조금 더 걸을까?"

내가 말했다. 우리는 토란을 쓰고 작은 언덕길로 올라갔다. 언덕길에는 아담한 공원이 있다. 공원은 사방에 가로등이 있어 눈이 아플 정도로 환했다. 비가 와서 벤치가 다 젖어 있었다. 괜히 서성거리며 쓸데없는 말들을 하다가 다시 언덕 아래로 내려갔다.

"길을 잘 봐. 달팽이가 있으면 어떡해."

"달팽이는 있을 수도 있지."

신보다는 달팽이가 있을 가능성이 더 컸으므로 우리는 조심히 걸었다.

"달팽이는 불쌍해."

"뭐가 또 불쌍해."

"달팽이는 느린데 무기도 없고 공격받으면 집으로 들어가는 수밖에 없잖아."

"달팽이집은 밟으면 잘 깨지지."

"응. 그리고 약해. 달팽이도 약하게 태어나고 싶어서 약한 게 아닐 텐데."

"그렇게 태어난 걸 어쩔 수 없잖아."

"어쩔 수 없어도."

참치는 시무룩해졌다.

"달팽이처럼 걸을까?"

나는 발걸음을 늦춰 느릿느릿 걸었다.

"느릿느릿."

"느릿느릿."

참치와 나는 발을 맞춰 아주 느리게 걸었다. 길 아래로 내려올 때까지 우리를 공격하는 것은 없었고 골목 앞에서 우리는 각자의 집으로 돌아갔다. 집으로 들어가서 씻지도 않고 침대에 앉아 있는데 참치에게서 연락이 왔다.

"지금이라도 부산에 갈래?"

"뭘 타고?"

"고양이침대를 타고 가자."

"그럼 고양이침대 앞에서 만나."

약속을 정하고 짐을 챙겨 나갔다. 참치가 먼저 나와 있었다. 참치 뒤에는 고양이침대가 없고 고양이침대가 있던 자리에는 고양이만 앉아 있었다. 다가가는 나를 빤히 쳐다보고 있던 고양이는 내가 참치에게 말을 거는 순간 다른 곳으로 휙 가버렸다.

"침대가 없어졌네."

"잘 곳이 있을까?"

참치가 고양이가 달려간 방향을 보며 걱정스럽게 중얼거렸다.

토막들

아침식사

새벽에 부산에 도착했다. 지하철 첫차를 기다리는 동안 참치가 옆에서 꾸벅꾸벅 졸았다. 나는 물을 조금씩 마시면서 야구 중계를 봤다. 선수가 달리고 있었다.

대기실은 첫차를 기다리는 사람들로 차 있었다. 비어 있는 의자가 거의 없었다. 앉아 있는 사람들은 다들 푸석했다. 밤을 새웠거나 너무 일찍 일어난 사람들이었다. 야구 중계가 나오는 텔레비전은 크지 않았고 소리가 아주 작게 줄여져 있었다.

참치와 나는 긴 의자 하나를 차지했다. 나와 참치 사이에는 배낭과 트렁크가 있었다. 나는 배낭을 메고 참치는 트렁크를 들고 서울을 떠났다. 참치는 부산에서 비행기를 탈 것이고 나는 공항에 가지 않을 것이다. 배웅은 하지 않기로 했다.

우리가 앉은 의자 뒤에는 아저씨 둘이 있었다. 아저씨들이 맥주를 마시면서 이야기를 나눴다. 아래 지방 말씨였고 목소리가 컸다. 그들로서는 목소리를 낮춘다고 낮춘 것이었을 것이다. 오가는 말로 봐서는 배를 타는 사람 같았다. 이 시간에 나가라면 죽으라는 거지, 그렇게 말했더니 나가라고는 안 하더라고. 뱃사람이 말했다. 뱃사람의 이야기를 주워들으면서 지하철이 다니는 시간이 오기를 기다렸다.

참치는 지하철에서도 졸았다. 나도 그 옆에서 조금 잤다. 자다 깨다 했더니 목이 잠겨서 물을 마셨다.

한 정거장 남았어.

참치를 깨워서 물을 마시게 했다.

미지근해.

참치가 물을 마시고 잠긴 목으로 말했다.

지하철역에서 나와 바다로 가는 길을 걸었다. 휴가철은 지났지만 사람이 좀 있었다. 비바람이 몰아치는데 왜들 바다에 나온 걸까. 바람에 뒤집힌 우산을 펴면서 참치에게 물었다. 우리도 왔잖아. 참치가 대답했다. 우리는 왜 왔을까. 비바람이 얼굴에 부딪쳤다. 우산으로 얼굴을 가렸다. 울고 싶어졌다. 이런 날 뭐하러 왔을까.

비가 올 줄 몰랐지.

참치가 내 손에서 우산을 가져갔다.

내가 들게.

나는 참치에게 우산을 주고 바다를 봤다. 바다는 흐렸고 하늘과 잘 구분되지 않았다. 바닷가에 호텔들이 늘어서 있었다. 유리창 안으로 보이는 호텔 라운지가 아늑해 보였다. 참치와 나는 하기로 했던 것들을 모두 취소하고 호텔로 들어갔다. 호텔 일층에서 아침을 먹었다.

참치가 시리얼만 먹어서 잔소리를 했다. 참치는 시리얼을 한 그릇 더 가져다 먹었고 나는 오믈렛과 햄과 커피와 빵을 먹었다. 오믈렛이 따끈했다. 유니폼을 입은 요리사가 오믈렛을 만들고 있었다. 흰 깃에 빨간 타이를 맨 요리사였다. 요리사는 프라이팬에 달걀물을 붓고 익어가는 달걀을 나무주걱으로 굴리는 일을 아침 내내 하고 있었다. 완숙으로 해드릴까요. 접시를 들고 바닷가를 보고 있던 사람에게 요리사가 물었다. 바닷가를 보고 있던 사람이 몸을 돌리고 고개를 끄덕였다.

우리 자리는 베이커리 코너 옆이었다. 베이커리 코너로 사람들이 자주 오갔다. 사람들은 토스터에 식빵을 넣어놓고 바닷가를 보며 빵이 구워지기를 기다렸다. 빵이 구워지기를 기다릴 때 서 있게 되는 그 자리가 바다를 보기에 두번째로 좋은 자리였다. 그리고 나와 참치가 앉은 자리가 바다를 보기에 가장 좋은 자리였다.

해양박물관

네온테트라의 몸통에는 네온빛 줄무늬가 그어져 있다. 네온빛 줄과 꼬리 사이가 붉다. 열대어를 파는 가게라면 어디에서나 네온테트라를 팔았다. 이상한 빛을 내는 물고기라면 까다롭겠지. 그렇게 생각해서 키우지 않았다.

● 네온테트라(잉어목 카라신과)

– 열대어 중에서 가장 대중적인 어종.

– 성질이 매우 온화하고, 떼를 지어서 헤엄치는 습성이 있다.

까다로운 물고기가 아니었구나. 수족관 아래에 붙어 있는 설명을 보고 오해를 풀었다. 오자가 있네. 햄엄. 출력하고 나서야 실수를 깨달았는지 '햄'에 엑스자를 치고 그 아래에 '헤'라고 써놓았다. '헤'와 '엄'을 동시에 떠올리다 '햄'이 튀어나왔겠지. 그대로 두다니 느긋한 박물관이다. 안내 데스크에서 두 사람이 여유롭게 이야기를 나누고 있었다.

네온테트라들은 설명처럼 떼를 지어서 움직이고 있었다. 참치가 가끔씩 흔들리는 빛의 무리를 오래 보고 서 있었다.

물고기를 키워본 적 있어?

참치가 물었다.

지금.

나는 팔짱을 끼고 다른 수족관들을 둘러봤다. 레인보우 스네이크헤드, 바나나 시클리드, 글래스 캣피시. 열대어들에는 그런 이름들이 붙어 있었다.

물고기 이름은 누가 지을까?

물고기 학자가 짓겠지.

물고기 학자들은 낭만주의자인가봐.

너도 물고기를 연구해봐. 넌 좀더 낭만적일 필요가 있어.

참치가 자기 어깨로 내 어깨를 가볍게 쳤다. 나는 참치를 흘겨봤다. 누구 탓인데 그래. 내가 딱딱해진 건 참치를 전공으로 선택했기 때문인데. 작고 예쁜 열대어를 골랐어야 했어. 글래스 캣피시를 보고 있는 참치를 밀쳤다. 글래스 캣피시는 뼈가 다 들여다보일 정도로 투명하고, 입가에 두 개의 수염이 길게 나 있었다. 징그러워. 난 틸라피아로 옮겨갔다.

● 틸라피아(농어목 시클리드과)

—수컷이 바닥에 산란장을 만들고, 암컷을 유인하여 산란한다. 수정된 알은 암컷이 입속에 넣어 부화시킨다.

징그러워. 입속에 알을 품다니. 뱃속에 품는 것보다는 나은가. 입을 벌리면 내 입속에서 태어난 새끼들이 물속으로 흘러간다. 내가 틸라피아라면 그렇겠지. 사람과는 거꾸로구나. 사람은 물속에서 물 밖으로, 틸라피아는 물 밖에서 물속으로.

틸라피아까지 보고 열대어에 흥미를 잃었다. 열대어가 들어 있는 수족관에는 배경사진이 끼워져 있었는데 하나같이 조잡했다. 수초나 돌이 너무 크게 확대되어 있었고 색도 흐렸다. 히치콕 영화에 나오는 창밖 풍경과 비슷했다. 남자 주인공이 사무실에서 창밖을 본다. 창밖에는 도시 사진이 있다. 남자 주인공은 가짜 티가 많이 나는 창밖 풍경을 보면서 회상에 잠긴다. 그런 장면을 보고 있으면 남자 주인공이 서 있는 사무실이 스튜디오에 설치된 무대라는 사실이 선명해진다.

나는 창밖을 봤다. 창밖에 공룡이 있었다.

밖에 공룡 좀 봐.

참치를 불렀다.

가짜잖아. 티가 너무 많이 나는데.

참치가 창밖을 보고 말했다. 나는 불안해져서 참치를 봤다. 나도 참치도 금방 사라져버릴 것 같았다. 우리는 박물관 이층 로비에 서 있었다. 언제 바닥이 무너져내릴지 몰라. 발을 조심스럽게 디디며 창가에서 물러났다.

이거 살아 있는 거야?

아이가 거북을 보며 엄마에게 묻고 있었다. 거북이 돌 위에서 꼼짝 않고 있었다.

그럼, 살아 있지.

거북이 입을 뻐끔거려서 빨간 입속이 드러났다. 거북이 있는 수조에는 주의사항이 붙어 있었다. 만지지 마세요. 위험합니다!

물 수 있어서 그런 거야. 아이 엄마가 아이를 수조에서 물러나게 하면서 말했다.

날 물어봐.

참치에게 손가락을 내밀었다.

저기 고래도 있어.

참치가 내 손가락을 잡고 창가 쪽으로 끌었다. 공룡 맞은편에 고래 조각상이 있었다. 진짜처럼 보이게 하려고 애쓴 티가 나서 더욱 가짜 같았다.

물어보라니까.

얼마나 세게?

피가 나도록.

눈 감고 있어.

나는 눈을 감았다. 참치가 내 손가락을 잡아당겼고 나는 참치를 따라 몇 걸음 움직였다. 거기 물러나세요. 낯선 목소리가 들려서 눈을 떠보니 참치가 거북의 입에 손가락을 가져다대고 있었다. 덜컥 겁이 나서 참치를 힘껏 당겼다. 안내데스크에서 우리를 불렀다. 나는 삼층으로 도망쳤다. 참치는 붙잡혔다. 혼 좀 나보라지.

삼층 로비에는 상어 특별전을 하고 있었다. 전시 제목은 놀라운 상어의 신비. 전시관 초입에 상어의 감각기관에 대해 설명하는 안내판이 세워져 있었다. 무심히 안내판을 읽다가 로렌치니에서 멈칫했다.

—특히 상어는 로렌치니기관이라는 특수한 감각기관이 있으며 이 기관은 살아 있는 생물의 미세한 전기장을 감지할 수 있습니다.

전기장이라. 참치는 물고기니까 전기장이 있겠지. 가끔 참치가 가까운 곳에 있으면 몸 어딘가가 진동했다. 나에게도 로렌치니기관이 있는 걸까. 계단으로 참치가 올라오고 있었다. 몸 한구석이 가볍게 진동했다.

—상어의 머리 쪽에는 이중 후각, 시각, 로렌치니기관이 모여 있습니다.

내 로렌치니도 머리 쪽에 있을까. 코와 눈 사이에 있는 미간이 떨리는 걸까. 나는 미간을 모으고 눈을 감았다. 참치가 다가오는 것을 느낄 수 있었다. 뭐하는 거야. 참치가 내 미간을 찔렀다.

혼났어?

엄청.

쌤통이다.

쌤통은.

참치와 나는 전시관 안으로 들어갔다. 들어가자마자 가오리가 보였다. 노랑가오리가 하이라이트였다.

정말 크다!

유에프오 같아.

우리는 감탄했다. 대형 가오리는 꼬리도 거대했다. 안내판에 꼬리에 있는 가시에는 독성이 있어 찔리면 통증이 매우 심하다고 적혀 있었다. 가오리도 가시가 있구나. 물고기와 장미와 가오리에는 가시가 있다. 가시가 있는 것 앞에서는 조심스러워진다.

나도 가시가 있었으면 좋겠다.

고슴도치가 되고 싶어?

너구리보다는 낫겠지.

너구리가 나아. 가시가 있으면 못 만지잖아.

하여튼. 하나도 담백하지 않은 참치를 피해 다음 전시장으로 갔다. 다음 전시관은 상어류관이었다. 상어는 이제 지겨워. 나에게도 로렌치니기관이 있는걸. 나는 상어류관을 통과하고 곧장 대형어류관으로 들어갔다. 대형어류관 가운데에 날개다랑어가 있었다.

● 날개다랑어(농어목 고등어과)

−우리나라 동해에는 봄, 여름에 북상했다가 가을에 남하하며, 산란기는 6월 무렵이다.

참치가 고등어과였구나. 등푸른생선이라 DHA가 많이 함유되어 있었군.

참치가 그렇게 좋아?

DHA맨이 어느새 내 옆에 와서 물었다.

남쪽으로 내려가기나 해. 내려갈 때가 됐네.

벌써 내려왔잖아.

내려가고 있는 중인 거지.

봄에는 북상할 거야.

나는 박제 다랑어에서 눈을 떼지 않았다. 커다란 박제 다랑어는 인공적인 느낌이 났다.

엄마, 이거 다 살아 있는 것 같죠.

어린 남자아이가 박제 물고기들이 진열된 유리관 벽에 손을 대고 말했다.

그래. 하지만 죽어 있는 거야.

아이 엄마가 부드럽게 대답하며 우리 뒤를 지나쳐 갔다.

답답해. 여기서 나가자.

나는 입구 쪽으로 몸을 돌렸다. 그러나 움직일 수 없었다. 하나 둘 셋 넷. 하나에 왼발을 떼고 둘에 오른발. 하나 둘 셋 넷. 하나 둘 셋. 하나 둘. 호흡이 흐트러졌다. 숫자가 어지럽게 엉켰다. 괜찮아? 괜찮

아. 가만있으면 나아져. 나는 쭈그려앉아서 시간이 지나가기를 기다렸다. 참치가 날 내려다보고 있는 것이 보지 않아도 느껴졌다. 역시 나에겐 로렌치니기관이 있어.

그것이 지나간 뒤 나는 일어섰다.

더 볼 거야?

내가 물었다. 참치가 나와 눈을 맞췄다.

뭐가 그렇게 불안해?

물고기와 말하는 법을 잊어버릴까봐.

잊어버리면 다시 배우면 돼.

귀찮아.

그럼 내 옆에 있어. 같이 가.

귀찮아.

뭐가 그렇게 무서워?

귀찮다니까.

뭐가 그렇게 귀찮아?

어려워.

새

가령 나는 참치에게 이런 얘기를 했다. 나는 밝고 서늘한 오후에 강가를 걷고 있었다. 사람이 별로 없었고 맑지도 더럽지도 않은 강물이 천천히 흘렀다. 풀이 풀끼리 스치는 소리가 들려 걸음을 조금 늦췄다.

햇볕이 좋은 날에는 강가에 앉아 있다 가기도 했지만 그날은 그러지 않았다. 가끔 멈추기도 했지만 아주 잠깐씩이었다.

강과 가까운 바닥에는 돌이 깔려 있었다. 크기가 제각각인 거친 돌들을 밟으며 앞으로 나아갔다. 강 쪽에서 불어오는 바람이 차서 둔덕 위로 가기로 했다. 춥기도 했지만 길이 막혀 있어서 더는 앞으로 갈 수가 없었다. 돌에 걸려 넘어질까봐 바닥만 보면서 둔덕 위쪽으로 올라갔다. 그러다가 죽은 새를 봤다. 태어난 지 얼마 안 되어 보이는 아주 어린 새였다.

날이 차서 벌레도 없었다. 길에서 죽은 생물을 보는 일은 흔했다. 작고 어린 죽은 것은 더 흔했다. 처음 몇 번은 충격적이었지만 언제부턴가 무뎌졌다. 죽은 쥐, 죽은 새, 죽은 고양이 같은 것. 때로는 소나 캥거루.

죽은 소와 죽어가는 소떼를 본 적이 있다. 사진이나 영상으로. 참혹한 이미지였지만 결국 그런 것들에도 무뎌졌다. 고속도로에서 동물이 차에 치여 죽는 것을 뭐라고 하더라. 로드킬이었던가. 로드킬, 캥거루. 차가 밟고 지나간 캥거루는 모자이크가 돼 있어서 형체가 흐릿했다. 로드킬, 캥거루, 모자이크, 카메라 플래시. 무뎌질 것도 없었다.

나는 죽은 새를 흘낏 내려다보고 계속 걸어갔다. 멈칫할 것도 없고 별달리 생각할 것도 없었다. 죽은 새가 작은 점으로 달라붙었다. 하나의 작은 점. 굳어가는 덩어리. 어쩌면 껍데기.

새는 죽었고 나는 살아 있다. 너무나 선명한 점. 갑자기 뭉클 하고 샘솟는 것이 있었다. 나는 돌아서서 새를 다시 보거나 강가에 앉거나 하지 않고 그대로 걸었다.

그게 다야? 참치가 내 말투를 흉내내면서 물었다. 그게 다라고 내가 대답했다. 그게 다야.

검은 개

그날은 케르베로스가 묶여 있지 않았다. 케르베로스의 목에 줄이 달려 있기는 했지만 줄은 끊어져 있었다. 결국 끊어졌구나. 그 줄은 아주 낡아서 언제 끊어지더라도 이상할 것이 없어 보였다. 오히려 그동안 끊어지지 않은 게 이상했다. 드디어 끊어졌구나. 케르베로스는 나를 보자마자 내 앞으로 뛰어들었다.

매이지 않은 케르베로스는 처음이었다. 참치가 가끔 주인에게 부탁해 케르베로스를 풀어주기는 했지만 그때도 줄 끝은 참치의 손에 쥐어져 있어서 묶인 거나 마찬가지였다. 주인은 어디를 갔는지 아니면 매점 안에 박혀 있는지 보이지 않았다. 나는 내 앞을 막고 있는 케르베로스를 타일렀다. 저리 가. 오늘은 못 놀아.

케르베로스는 물러나지 않고 서성거렸다. 나는 가방을 흔들었다. 비켜. 그때 갑자기 케르베로스가 으르렁거렸다. 이빨을 드러내고 위협하는 소리를 냈다. 내가 알던 케르베로스가 아닌 것 같았다.

나는 케르베로스에게 가방을 집어던졌다. 맞힐 생각은 없었고 그저 위협이었다. 물러나. 케르베로스가 가방끈을 물고 나를 올려다봤다. 성난 눈빛. 우리는 서로를 노려보며 서 있었다. 가방을 두고 케르베로스를 지나쳐 갔다. 케르베로스가 요란하게 짖었다. 케르베로스가 짖는 사이에 가방을 챙기고 얼른 뒤돌아섰다. 케르베로스는 물러나는 듯 보였다.

얼마나 걸었을까. 뒤에서 발소리가 들렸다. 발바닥이 콘크리트 바닥에 부딪치는 소리. 케르베로스는 언제나 매점 옆에 있었다. 묶여서 순한 눈으로 나를 보면서 꼬리를 흔들었다. 그러나 그날 케르베로스는 매점에서 벗어나 있었고 성난 눈빛으로 내 앞을 막아섰다. 케르베로스는 항상 제자리에서 내가 오면 반가워하고 떠나면 슬퍼했다. 케르베로스는 기다리는 개였다.

따라올 줄 아는 개라고는 생각해본 적이 없었다. 소름이 끼쳤다. 처음에는 케르베로스에게 그리고 곧 나에게. 케르베로스가 끝까지 따라오지는 않았지만 구역을 벗어날 때까지 뒤에서 타닥거리는 소리가 들렸다. 그후로 한참이나 케르베로스를 찾지 않았다.

케르베로스가 사는 매점이 있는 방향으로는 아예 가지 않았다. 계절이 몇 번 바뀌고 케르베로스를 거의 잊었다. 아무 생각 없이 걷다가 매점을 지나게 됐다. 매점을 보자 케르베로스가 떠올랐다. 매점에 개를 키우는 흔적이 없었다.

검은 개가 있지 않았나요? 초콜릿과 물을 사면서 매점 주인에게 물었다. 매점 주인은 개가 늙고 병들어서 죽었다고 했다. 늙고 병든 개가 어떻게 죽어가는지 어느 정도는 안다. 자주 먹은 것을 토해내며 말라가다가 문득 활기를 찾는다. 아주 짧은 순간이다. 그리고 문득 활기가 꺼지고 폭삭 무너진다. 케르베로스의 마지막도 크게 다르지 않았을 것이다.

나는 일하러 갔다. 검은 개는 죽었다. 일하는 동안 툭툭 떠올랐다.

새벽이 깊어지자 환자가 뜸해졌다. 멍하니 텔레비전을 봤다. 명희 언니가 마른 수건을 한 아름 들고 방에서 나왔다. 나는 카운터에서 나와 수건을 받아들었다.

접은 수건을 접은 수건 위에 올리면서 다른 나라에서 일어난 테러나 재해 소식을 한 귀로 흘려들었다. 그러다 문득 다시 떠올랐다. 오늘 알고 지내던 개가 죽었어요. 언니가 나를 위로했다. 어떤 개였는지 어떻게 죽었는지 묻고 내 어깨에 손을 올렸다.

개는 매일 죽잖아요. 보호소에서는 하루에도 몇십 마리 죽어나가고. 그에 비하면 이 일은 아무것도 아니죠.

언니는 정말 그렇게 생각하는지 묻고는 내가 그렇다고 하자 화를 냈다.

바보 같은 소리야. 그 개가 죽었는데 다른 개가 얼마나 죽었든 그게 뭐가 중요하다는 거야. 그 개가 죽은 것을 슬퍼하지 않으면 무엇을 슬퍼할 수 있어.

나는 당황해서 웃어보려고 했지만 잘 되지 않았다. 언니도 머쓱해하는 것 같았다. 어색한 공기가 흘렀고 우리는 잠시 텔레비전을 봤다.

슬퍼해도 될까요?

텔레비전을 보다가 문득 물었다.

슬퍼해야 해.

언니는 정리된 수건을 가지고 방으로 들어갔다. 나는 수건이 있던 자리를 손끝으로 문질렀다. 그리고 잠시 울었다. 하얀 카운터에 지문이 묻었을 것이다.

붉평치

● 붉평치(이악어목 붉평치과)

－생태에 대해서는 알려진 것이 별로 없다. 일생의 대부분에 걸쳐 대양의 중층에서 단독생활을 하는 것으로 보이지만 참치와 같은 고등어과 어류 무리들과 함께 나타나기도 한다.

역시 참치는 사교성이 좋아.

참치가 말했다. 나는 못 들은 척하고 붉평치만 봤다. 붉평치는 영어로 moon fish. 달을 닮은 물고기였다. 동그랗고 붉었다. 붉평치를 보고 불가사리들과 조개들을 봤다. 바짝 마른 불가사리들이 유리관 안에 진열돼 있었다. 엄지손가락으로 누르면 금방 바스라질 것 같았다. 그럼 불가사리 가루가 묻겠지.

괜히 손을 탁탁 털었다. 이제 그만 갈까? 하품을 하고 있는 참치에게 출구를 가리켰다. 우리는 출구로 나갔다. 밖은 여전히 흐렸고 한층 어두워져 있었다. 비는 잦아들었지만 완전히 그치지는 않았다.

작은 일식집에 들어가 우동과 초밥을 먹었다. 우동과 초밥이 함께 나오는 세트는 초밥 종류를 고를 수 없었다. 나는 달걀초밥을 참치는 참치초밥을 따로 시켰다. 실내는 시원했고 우동은 따끈했다. 긴 테이블에 나란히 앉아 별말 없이 식사를 했다. 초밥을 만드는 사람은 둘이었는데 아주 깨끗해 보이는 하얀 유니폼을 입고 있었다. 청색 유니폼을 입은 나이든 남자가 지나가면서 그 두 사람에게 뭔가를 지시했다. 하얀 유니폼을 입은 남자들은 또렷하게 대답을 하면서 초밥을 만들었다.

참치가 내 앞에 있는 종지에 간장을 부었다. 나는 참치의 종지에 와사비를 넣었다. 난 와사비 안 먹어. 참치가 말했다. 그럼 내 거랑 바꿔. 참치의 종지를 내 앞으로 끌어오고 내 앞에 있던 종지를 참치 앞으로 밀었다.

내일 몇 시 비행기지?

두시 십오분.

그럼 한시 반까지는 가야겠네.

천천히 가도 돼.

참치의 말을 들으며 젓가락으로 간장을 휘저었다. 와사비가 풀어지면서 간장과 섞였다. 젓가락 끝을 입에 대어 맛을 봤다. 너무 매워. 그렇게 말했더니 참치가 내 종지에 간장을 더 부었다. 나는 와사비를 더 넣고 휘저었다. 맛을 보니 전보다 더 매웠다. 매운 간장에 초밥을 찍어 먹었다. 초밥에도 와사비가 너무 많이 들어가 있어서 코가 싸해졌다. 눈물이 고였다.

매워.

와사비를 자꾸 넣으니까 그렇지.

코를 훌쩍이면서 초밥 하나를 더 먹었다. 참치가 종지를 빼앗아갔다.

미련하게 왜 그래. 그만 먹어.

종지 이리 줘. 안 매워.

그럼 왜 울어?

나는 참치가 가져간 종지로 손을 뻗었다. 참치가 테이블 끝으로 종지를 밀었다. 아무리 손을 뻗어도 닿지 않았다.

달라니까.

약이 올라서 말해도 참치는 종지를 주지 않았다.

눈물이나 닦아. 코도 닦고.

참치가 휴지를 내밀었다.

안 맵다니까.

눈물이나 닦고 말해.

매워서 그런 거 아니야.

그럼 왜 울어?

서러워.

뭐가 그렇게 서러워?

가여워.

새로운 아침

일어날까?

일어나자.

우리는 햇빛 속에서 눈을 떴다.

잘 잤어?

아주 잘 잤어.

달고 깊은 잠. 나는 그런 잠에서 막 깨어 침대에서 내려왔다. 참치는 이불 속에서 뒹굴거렸다.

몇 시야?

여덟시 다 돼가.

너무 일찍 일어났네. 더 잘까?

눈뜬 김에 일어나. 몇 시에 잤어?

글쎄, 한시쯤이었나.

새벽에 몇 번 깼었지?

응.

피곤하지 않아?

아니야. 어차피 비행기 타면 지겹게 잘 텐데.

참치는 그렇게 말해놓고 다시 누웠다. 나는 세수를 하러 갔다. 물이 차고 깨끗했다. 물로 입안을 헹구고 거울을 봤다. 내가 있었다. 나는 나를 보고 어제의 기억들을 떠올렸다. 어제의 나, 어제의 참치.

지나간 것들은 지나갔다. 그게 지나갈 것이었든 지나가서는 안 되는 것이었든 간에. 우리는 모두 떠돌고 살아 있는 동안에는 머물고 지나가기를 멈추지 않을 것이다. 참치와 나는 서로에게 잠시 머물렀고 이제 지나갈 것이다. 지나갈 것이든 지나가서는 안 되는 것이든 간에.

방으로 돌아가니 참치가 침대에 걸터앉아 있었다. 내가 바닥에 앉으니 참치도 내려왔다. 입을 맞추고 싶었지만 보고 있는 것으로 충분했다. 구겨진 티셔츠, 부은 눈, 흐트러진 머리칼, 부푼 입술, 마른 다리. 사랑스러웠다. 참치와 나는 조금 떨어진 채 서로를 몰래 관찰했다.

너 예쁘다.

원래 예뻐.

나는 웃지도 않고 대답하곤 부끄러워졌다. 내가 부끄럽게 웃자 참치가 다가와서 내 무릎에 누웠다. 무거워. 참치의 머리칼에 손을 집어넣으며 말했다. 참치의 머리카락이 부드러웠다. 내 손이 거칠어서 이렇게 부드럽게 느껴지는 걸까. 서둘러 손을 뺐다. 참치가 내 손을 잡아 자기 머리에 올려놨다.

밝은 햇빛 속에서 모든 것이 선명했다. 반짝거리는 먼지 사이사이로 분홍빛 알갱이가 떠다녔다. 시간이 아주 느리게 흘렀다. 멈춘 듯이. 곧 멈출 듯이.

너도 이렇게 보여? 아주 다른 시간 속에 있는 것 같아.

나는 무언가가 깨질까봐 조심스러워하며 입을 열었다.

뭔가 평화로워.

참치가 나른한 얼굴로 말했다.

평화롭다.

내가 말했다. 그리고 세상이 몹시 조용해졌다. 우리는 같은 시간 속에 있다. 여기에.

심야의 맥도날드

맥도날드에서 90년대 팝이 흘렀다. 90년대에는 어디서나 흔하게 들려오던 노래들이다. 모두 귀에 익어서 그 노래가 그 노래 같다. 똑같이 감미롭고 똑같이 호소력이 강한 노래들. 남자가 불렀거나 여자가 불렀거나. 알 수 있는 차이는 그 정도다. 90년대에 내가 무엇을 했더라.

학교에 다니고 텔레비전을 보고 깊은 밤에는 유령과 놀았다. 친구들과 자주 헤어지던 나날들. 이유도 모르고 헤어졌던 사람들은 밤이면 환영처럼 방으로 들어왔다. 환영이어서 환영처럼 왔을까. 환영 같은 다정한 친구들이 머물다가 떠나갔다.

단순한 영어 가사들이 귀에 들어온다. 당신은 떠났다. 당신이라고 번역되던 You. You의 세계. I는 없어도 You는 있는 세계. 너. 너, 너, 너. 너는 이제 없다고 노래하는 남자나 여자. 나도 그렇게 써본다. 가슴이 저려서 쓰기 시작했는데 저리다는 말만 하려니 싱거워서 다른 말들만 한다.

맥도날드 벽은 벽이면서 의자다. 등받이 의자의 등받이. 나는 그 자리를 좋아하지만 앉지 못했다. 허름하게 입은 남자가 그 자리에 누워 있다. 신발을 벗고 있는데 맨발이 까맣다. 아무도 그 남자가 누운 근처에 앉지 않는다. 남자가 뒤척인다. 남자는 잠들지 못하고 있다. 심야의 맥도날드는 너무 환하고 노랫소리가 너무 크다. 의자가 딱딱해서 불편하고 냄새가 나고 테이블과 바닥이 더러운 것은 무시할 수 있더라도 앳된 남자애들과 여자애들이 떠드는 소리는 귀를 파고들 것이다. 남자는 여기서는 밤새 잠들지 못할 것이다.

회오리바람

자정이 지난 시간이었다. 중국집은 문을 닫았다. 문이 닫힌 중국집의 유리벽 안에 사람들이 있었다. 식당에 불이 켜져 있었다. 거리는 어둡고 쌀쌀했고 식당 안은 희었다. 희도록 밝은 식당 안에 세 사람이 있었다. 한 여자와 두 남자가 원탁에 앉아 있었다. 노인과 덩치 큰 중년 남자와 마른 여자였다. 중국인이나 조선족처럼 보였다.

여자가 부스스한 머리를 묶었다. 묶은 머리도 부스스하기는 마찬가지였다. 한 팔로는 기운 머리를 받치고 한 팔은 내려뜨렸다. 팔이 하얗고 가느다랬다. 노인과 남자가 몇 마디를 주고받았고 여자는 건성으로 고개를 끄덕였다.

피로한 사람들이 자러 갈 시간이었다. 그런 시간에 자러 가지 못하는 사람들은 더 피로해진다. 나는 집에 가는 길이 아니었던 것 같다. 그러나 아침이 되기 전에는 집으로 돌아가야 했다. 네 시간이 넘게 거리를 떠돌고 있었다.

나는 왜 여기에 있나. 지금 여기에. 참치는 어디에 있을까. 지금 여기에. 참치도 그런 곳에 있겠지. 무엇이 나를 여기에 묶어둘까. 무엇이 참치를 떠돌게 하나. 무엇이 나를 여기에 매어놓고 매인 채로 떠돌게 하나. 무엇이 참치를 먼 곳으로 보냈다가 제자리로 불러들이나. 무엇이 우리를 떠돌게 합니까.

바람이 불었다. 작게 소용돌이치는 바람이 길에 흩어져 있던 것들을 흔들었다. 버려진 것들이 바람 속에서 부딪쳤다. 바람 속에서 그들끼리 스쳤다가 멀어져갔다. 바람이 멈추면 다시 바닥으로 내려앉을 것이다. 나는 회오리바람을 뒤로하고 침대로 들어갔다.

커튼을 치지 않은 창으로 푸른 빛이 밀려들었다. 맞은편 집이 불을 켜면 내 방까지 빛줄기가 들어온다. 불이 켜지는 건 잠시다. 나는 맞은편 집 사람이 불을 끄기를 기다렸다. 푸른 빛이 선명했다. 세상이 선명해졌다. 곧 불이 꺼졌고 방은 어두워졌다. 너무 늦었어. 어서 자야지. 곧 일하러 갈 시간이야. 푸른 빛이 물러갔다. 세상은 손에 잡힐 듯이 선명해졌다가 다시 멀어졌다.

작가의 말

2012년 봄에 『게으른 삶』의 초고를 썼다. 시작은 몇 개의 메모가 전부였다. 너구리를 닮은 겁 많은 여자아이와 참치 통조림을 가지고 다니는 담백한 남자아이의 연애 이야기를 쓰고 싶었다.

나중에 『게으른 삶』에 쓰게 된 메모들 중에 맨 처음 저장했던 메모는 '고양이침대'에 대한 것이었다. 내가 사는 동네에는 자기들끼리 동그랗게 모여서 담배를 피우는 아이들이 있었다. 그 아이들은 언제나 자기들이 만든 원 안쪽을 향해 서 있는데, 사람들이 지나가면 잔뜩 경계하는 눈으로 바깥을 보곤 한다. 그 눈은 동네에 사는 길고양이들의 눈과 비슷하게 보였다. 나 역시 그런 눈으로 어떤 '안'과 '밖'을 보고 있다는 생각이 들어 그 아이들을 마주칠 때마다 혼자 속이 울렁거렸다.

어느 날 새 공책을 사러 문방구에 다녀왔는데, 돌아오는 길이 다른 날보다 반짝거리고 좋은 냄새가 났다. 햇볕이 유난히 좋은 날이라 그

랬을 것이다. 집에 도착하자마자 새 공책에 어떤 새로운 이야기가 쓰고 싶어져서 메모를 뒤졌고, 망설일 것 없이 '고양이침대'에 대한 메모를 골랐다.

본격적으로 소설을 쓰기 시작하면서, 내 글쓰기는 어떤 빛나는 순간들을 일정한 톤에 맞추어 배열하는 작업으로 향해 있었다. 일상적인 이야기를 다루면서도 픽션에 닿아 있는, 서사의 제약에서 자유로운 글을 꿈꿨다. 어떤 순간들을 연결해서 그 자체로 완결된 이야기를 만들고 싶었다. 이를테면 수많은 이야기조각들을 하나로 연결시킨 하나의 조각보처럼.

강렬하게 남아서 오래 진동하고 결국 무턱대고 쓰게 만드는 것들은 언제나 삶의 단편들이었다. 얼마 전에는 서점에 갔다가 길 한가운데서 소리를 지르고 있는 한 여자를 봤다. 여자의 고함은 나를 향해 있었다. 그것은 아무 말도 섞이지 않은 순수한 고함이었다. 그 일이 며칠이 지나도록 잊히지 않았다.

그렇게 조각들은 모여들었다. 각각의 조각들은 처음엔 그 의미를 알 수 없다. 그러다가 그 조각들에서 닮은 점들이 나타나기 시작하면, 그때부터가 시작이다. 조각보를 만들 때가 온 것이다. 조각보가 완성되고 나면 그것들이 빛났던 이유를 알게 될까? 각각의 조각들로 이루어진 조각보는 여전히 그 의미를 알 수 없이 그 자체로 빛난다. 그 알 수 없는 빛의 인상은 이 세상이 주는 느낌과 비슷하다. 이 세계 혹은 진실은 언제나 의미를 알 수 없는 빛에 가려져 있다.

완성된 조각보를 접어서 넣어두고 다시 조각들을 모아 새로운 조각보를 만드는 것은 즐거운 일이다. 『게으른 삶』은 여덟 개의 작은 조각보로 이루어진 커다란 하나의 조각보다. 여덟 개의 조각보 중 마지막 조각보 「토막들」은, 작은 토막들을 연결해서 독자적인 하나의 큰 토막이 되길 바랐던 오랜 기대에 가장 가까운 결과물이 되어 나왔다.

『게으른 삶』은 너구리의 마지막 파란 여름에 대한 이야기이기도 하다. 청춘이라는 말에는 너무 많은 이미지들이 덧씌워져 요즘은 좀 낡은 단어가 된 것도 같지만 그래도 역시 『게으른 삶』은 연애소설이고 또 청춘소설일 것이다.

『게으른 삶』을 썼던 어떤 힘들 중 하나는 이십대에 해야 할 일들의 목록에 대한 의심이었다. 이십대에 해야만 한다고 말해지는 일들은 내게는 인생의 어느 시기에 해도 좋을 일들, 혹은 하지 않아도 살아지는 일들이었다. 그 목록을 떨쳐내면 삶은 훨씬 더 선명해진다.

사람들로 꽉 찬 지하철이나 버스를 타고 출근을 하고 일을 하고 집으로 돌아와 상사와의 신경전이나 내일 해야 할 일들을 곱씹으며 잠드는 매일이 계속된다. 때로는 저녁이나 주말에 초과근무를 하게 될 수도 있다. 그러는 사이에 설거지와 빨래가 쌓이고 모아놓은 돈은 치과 진료비나 고양이 병원비로 날아가고 월세 내는 날은 순식간에 돌아온다.

반복되는 일상에서 드물게 찾아오는 게으른 순간들. 나는 항상 그런 게으른 순간들을 사랑한다. 빨래를 널어놓고 한숨 돌리는 시간, 카페에 늘어져 차를 마시는 시간, 햇빛 속에서 기지개를 켜는 시간, 소중한 사람과 따뜻한 포옹을 나누는 시간, 그런 순간들로 삶이 채워지기를 언제나 바라왔다.

게으른 순간들은 나를 바라보게 하고 삶을 좀더 사랑하게 한다. 게으른 순간들은 불안한 예감을 지워버린다. 게으른 순간 속에서 사랑은 또렷해진다. 『게으른 삶』을 쓰는 데에는 여러 가지 동기와 지난한 과정이 있었지만 줄곧 게으른 시간을 향해 있었다. 고양이가 등에 햇볕을 쬐는 시간이나 너구리가 참치와 시시하게 시간을 보내는 순간들을 향해.

내가 스쳐간 모든 사람들은 빛나고 있었다. 빛나는 당신에게 더 많은 게으른 순간들이 있기를, 게으른 시간 속에서 더 많이 사랑하기를 빈다.

2014년 여름

이종산

문학동네 장편소설
게으른 삶

초판인쇄 2014년 7월 15일
초판발행 2014년 7월 21일

지은이 이종산
펴낸이 강병선
책임편집 정은진 | 편집 김내리 조연주
디자인 윤종윤 유현아 | 마케팅 정민호 나해진 이동엽 김철민
온라인마케팅 김희숙 김상만 한수진 이천희
제작 강신은 김동욱 임현식 | 제작처 영신사

펴낸곳 (주)문학동네
출판등록 1993년 10월 22일 제406-2003-000045호
주소 413-120 경기도 파주시 회동길 210
전자우편 editor@munhak.com | 대표전화 031) 955-8888 | 팩스 031) 955-8855
문의전화 031) 955-3576(마케팅) 031) 955-8864(편집)
문학동네카페 http://cafe.naver.com/mhdn | 트위터 @munhakdongne

ISBN 978-89-546-2537-1 03810

* 이 도서의 국립중앙도서관 출판시도서목록(CIP)은 서지정보유통지원시스템 홈페이지(http://seoji.nl.go.kr)와 국가자료공동목록시스템(http://www.nl.go.kr/kolisnet)에서 이용하실 수 있습니다.(CIP 제어번호 : 2014020519)

www.munhak.com